死神姫の白い結婚

運命よりも好きな人

忍丸

ポプラ文庫ピュアフル

contents

あらすじ

龍ヶ峰雪嗣(りゅうがみねゆきつぐ)

体の時間が止まり不老不死となる異能“停滞”を持つ。異名は「死にたがり」。

神崎雛乃(かんざきひなの)

他者の生命力を吸い取ってしまう異能“吸命”を持つ。異名は「死神姫」。

異形を狩る祓い屋の名家、神崎家の娘・雛乃と、龍ヶ峰家の元当主・雪嗣は、盟約に則り夫婦となった。命を吸い取る異能のせいで周囲に疎まれていた雛乃だったが、不老不死の雪嗣から生命力を貰うことで、初めて「普通」に生きられるようになる。それは雪嗣にとっても同様だった。最初は形だけの結婚だったはずが、運命に導かれるようにして、互いに惹かれ合っていく。やがて雪嗣の助けもあり、長年雛乃を虐げてきた父や異母妹の悪行もあばかれ、困難を乗り越えたふたりは共に生きていくことを決意する。

死神姫の白い結婚

序 死神姫の白い結婚

私の世界には色がなかった。

黒いヴェール越しの世界はいつだって色あせていて、なんの温もりも与えてくれない。

だけど、今はどうだろう。

隣には雪嗣さんがいてくれる。

彼がヴェールを外してくれた瞬間、世界が色づき始めた。

思えば、初めて季節というものを知ったかもしれない。

今は秋。世界が黄昏れ始めている。青々としていた世界が夕焼け色に染め変えられて、あらゆる生き物が春に向けて命を繋ぎ、終わりに向かっていっそう美しく輝く。

色づいた世界は宝石のよう。

ヴェール越しではない風景はあまりにも輝いて見えて、大事に仕舞っておきたくなる。

だって、なにもかもが愛おしくて仕方がないから。

あなたが極彩色の落ち葉を踏みしめる時の音も。ふと振り返った時の笑顔も。

差し出した手の温かさも。長い睫毛から落ちる薄い影も。

私を見つめる碧色の瞳に、秋色が混じることも。

風が頬を撫でる感触や、ふと過ぎ去った瞬間でさえ覚えていたい。

あなたに触れた時に、指先に灯る熱も。少しだけ速くなった鼓動のもどかしさも。

すべてが大切だった。だってそれは、雪嗣さんが与えてくれたものだから。

「雛乃さん。目を瞑って」

ふいに触れられた唇が甘くて。その温かさに目眩がしそうになる。

「どうして泣きそうなの」

困ったように笑う雪嗣さんが眩しくて、何度か瞬きをした。

ああ、夢みたいだ。

泥濘の底に沈むような人生だったのに。今は陽だまりの中心にいる。

「幸せなのが不思議で」

こぼれた声は少し震えている。けれど弱気な発言は、秋色の森を抜ける風が、すべてかき消してしまった。黄金色の銀杏の葉が雨のように降り注ぐ中、詰めていた息をそっと吐き出すと、目の前には大切な人の笑顔があった。

「これからもっと幸せになるのに？」

じわじわと胸の奥で熱がくすぶっている。半年前までは予想すらつかなかった、甘やかな優しい世界に、私は酔いしれる他なかった。

＊

生まれ持った〝吸命〟という異能のせいで、誰からも恐れられ、〝死神姫〟などと呼ばれていた私の運命が変わってから数ヶ月経った。

異母妹と父が起こした事件は、瞬く間に世間を賑わせ、様々な憶測と議論を呼んだ。婿入りした父による名家の乗っ取り。違法な祓い屋との関わり。自らの利益のために怪異を利用したこと。愛人の娘を優遇し、私を虐げ続けていたこと……。

日本一と名高かった神崎家の信用は失墜した。父と異母妹は逮捕され、今も取り調べを受けているという。父が不在となった今、長らく死んだと思われていた母が当主の座に戻った。失われた信用を取り戻すために、古くからの仲間と共に努力しているところだ。

私はというと、以前と変わらず雪嗣さんの妻として過ごしている。

異能は血によって受け継がれるものだ。場合によっては、神崎家再興のために戻らなくてはいけない可能性もあったけれど、母は不要だと笑ってくれた。

『嫁いだ娘を戻さないと立て直せない家なんて、潰れてしまえばいいんだよ』

あまりにもあっけらかんとした言葉。

でも、母らしくてなんだか安心してしまった。

——雪嗣さんの妻でいられる。

その事実に私は安堵する他なかった。

もし。もしも——

雪嗣さんから離れなければならなくなったら？

今、手の中にある幸せを失ってしまったら、生きていける気がしないからだ。

彼と出会ってからの日々の中で、様々なことがあった。

それこそ人生が一変するような出来事だ。

無慈悲に襲い来る試練を、雪嗣さんと一緒に乗り越えてきた。

経験によって人は強くなる。そう誰かが言っていたけれど、今の私は以前よりも弱くなってしまった。瘡蓋（かさぶた）が剝（は）がれ落ちた後、生まれたての皮膚が頼りないのと同じように、どうしようもなく雪嗣さんを必要としてしまっている。


「龍ヶ峯（りゅうがみね）雛乃さんですか？」

ぼうっと湖面を眺めていた私が顔を上げると、側に見知らぬ男女が立っていた。

ここは、神奈川（かながわ）県にある芦ノ湖（あしのこ）の湖畔（こはん）だ。箱根（はこね）神社に参るついでに休憩していたところ、声を掛けられた。どう見ても祓い屋の関係者には思えない。おそらく観光客だろう彼らは、好奇心いっぱいの様子ではしゃいでいる。

「うっわ！　本当に龍ヶ峯雛乃だ！　美人～！」

「おい。失礼だぞ。すみません、コイツ不躾（ぶしつけ）で」

「い、いえ……」

曖昧に笑うと、男性は発言の割に悪びれる様子もなく言った。

「ニュースで見ましたよ！　大変でしたね」

「あ、アタシも見た～。大事件だったね。妹が神崎凛々花なんだっけ。あんな綺麗な顔してエグいよね。虐待動画観た時、ゾッとしたもん」

「あれな。俺も観たわ。鬼みたいな顔しててさあ……」

「ぜんぶ父親のせいなんでしょ？　可哀想にね。雛乃さんはなにも悪くないのに」

「元凶は神崎凛々花だって俺は聞いたけどな？　どっちにしろ、奴らには厳罰を受けてほしいね。二度と社会に復帰しないでほしい。あんなひどいことをしたんだから」

「本当に！　見た？　神崎凛々花の過去の発言集！　焔の美姫とか言われてチヤホヤされてさあ。人間性が歪んじゃったんだろうね……」

ふたりは話に夢中になっている。私の存在なんて忘れてしまったかのようだ。

彼らの話を聞きながら、私は世界がグラグラと揺れているような感覚に見舞われていた。目の前で振りかざされる〝善意の塊〟に吐き気がしそうだ。ふたりは間違ったことは言っていない。父も凛々花も法で裁かれるべき罪を犯したし、それは周知の事実。

……だからこそ、それが厄介だった。

彼らに限った話ではないが、他人からすると、身内の罪が暴かれて逮捕された事実は喜ばしい出来事に思えるらしい。多くの人が父や異母妹の話を持ち出してくる。

そして、こう語りかけてくるのだ。

「辛かった日々から抜け出せてよかったですね。雛乃さん！」

――それは、私にとって地獄の責め苦と同義だった。

『契約のための血を貰うだけよ。動くんじゃないわよ。このクズ！』

どこかで異母妹の声がしたような気がして、体が硬直する。父と異母妹から受けた仕打ちは、心につけられた傷は、いまだ生々しく存在を主張していた。誰かから異母妹や父の話題を振られるたび、過去の記憶がまざまざと蘇ってくる。癒えきっていない傷を言葉で抉（えぐ）られ、無防備な内臓を優しさでかき混ぜられる。やめてほしかった。でも、拒絶できない。だって彼らに悪意はないんだから。慰めようとしてくれているんだから。

「……あ」

相づちを打とうとして、顔の右半分が不自然に歪んだ。喉の奥が引き攣（つ）れて声が出ない。なにか間違った反応をしたら批判される。そう思えてならなかった。血の気が引いていく。足が震えて逃げ出したくなる。視線が定まらない。ああ、ああ。もう嫌だ。

「……どうかしたんですか？」

ふたりは怪訝（けげん）そうだった。反応がない私に気遣わしげな視線を向けている。

——ごめんなさい。ごめんなさい。ごめんなさい。

血の気が引いて意識が朦朧（もうろう）としていた。

「雛乃さん？」

すると、ふわりと柔らかい声が耳朶（じだ）を打った。大きな手が私の肩を抱く。背中に温もりを感じる。触れられた箇所から、優しさがじわじわと広がっていくようだった。不自然に固まってしまった体が解けていく。よかった。来てくれた。

「ごめんね。待たせてしまったかな」

神社にお札を貰いにいっていた雪嗣さんは、私の顔をのぞき込むと眉尻を下げた。

「少し具合が悪いみたいだ。どこかで休憩を取ろうか」

小さくうなずくと、彼は男女へ視線を向けた。

「ということで、失礼してもいいかな」

「あ、はいっ……！　す、すみません」

「きゃあああっ！　龍ヶ峯雪嗣……！　かっこいい……!!」

「お前なあ……」

男女に背を向けて歩き出す。落ち葉に埋もれた石段をゆっくり登っていった。

少しフラついてはいたが、雪嗣さんが腰を支えてくれているおかげで倒れる心配はなかった。私に合わせた歩調。見上げると、秋の日差しが白髪に透けていた。瞳はどこまでも遠くを見ていて、ふいに視線が交わると、どきりと心臓が跳ねる。

「大丈夫だった？」

純度の高い氷のような瞳が溶けていく。そこに、胸の奥を優しく擽る感情を見つけて、心臓が高鳴った。切なくて、淡くて、私が大切だと彼の瞳が物語っている。いつまでも眺めていたいくらいだ。でも、今回はそっと視線を逸らした。

「は、はい。すみません、迷惑をかけて。あれくらい、ひとりで対応すべきだったのに」

あまりにも自分が不甲斐なくて泣きたかった。

コミュニケーションが苦手だ。たぶんそれは、父や異母妹から人間扱いされてこなかったせいもあるし、他人の生命力を奪うという異能を生まれ持ってしまったせいでもある。母を殺しかけてしまった前科があるせいか、誰かと相対すると緊張してしまう。雪嗣さんのおかげで、異能で誰かを傷つける可能性はなくなったのに、上手くしゃべれないし、言葉がつかえることもしばしば。それに加えて、父や異母妹の話を持ち出されると、どうにも感情がコントロールできなくなってしまう。

これは呪いだ。簡単に逃れられない呪い。自由になったはずなのに、今もまだ黴（かび）と埃（ほこり）にまみれた離れに閉じ込められているみたいだった。

「別にいいんじゃないかな」

顔を上げると、雪嗣さんの横顔が見えた。目を細めて景色を眺める様から、不機嫌さは読み取れない。鼻歌でも歌い出しそうな雰囲気に、なぜだか見とれてしまった。

「まだ数ヶ月なんだよ。心の傷が癒えていなくて当然だし、そこに土足で踏み込まれたら、誰だって気分が悪くなると思うけどな。それに、有名人だからってなにを言っても許されるみたいな態度、気に入らないなあ。僕たちだって同じ人間なのにね」

トン、と一段だけ早く階段を上る。

くるりと振り返った雪嗣さんは、晴れやかな笑顔を浮かべていた。

「つまり無神経な向こうが悪い。雛乃さんは悪くない。そういうこと！」

どうだと言わんばかりの態度に、自然と頬が緩んだ。

「……そうですね。ありがとうございます。つ、次からは頑張りますね」

微笑みを返すと、雪嗣さんが手を伸ばしてきた。

親指で優しく前髪を除けられる。現れた額に、啄むようなキスを落とされた。

「なんっ……!? 雪嗣さんっ!」

「いやあ。いじらしくて可愛いなって」

真っ赤になっている私とは対照的に、雪嗣さんはどこまでも楽しそうだ。

ついでとばかりに抱きしめられる。誰か見ているかもしれないのにいいのだろうか。でも、腕の中から逃げ出そうとは思えなかった。温かい。いい匂いがする。

――ここが私の居場所だ。

「別に頑張らなくたっていいよ」

彼の声が優しく耳朶を擽った。

そこに冗談めかした色はない。どこまでも真剣に雪嗣さんは続けた。

「他の人間なんてどうでもいい。僕がいればいいじゃない」

そうなれば幸せだなあと思う。

誰にも邪魔されず、ふたりだけで生きていけたなら。

私が苦しんできた十年あまりを、彼だけが理解してくれていれば、それでいい。

そっと吐息を漏らして、彼の背中に自分の腕を回した。

目が眩むような秋色の世界の中で、私たちの体温が溶け合っていく。

彼の鼓動を感じながら、この手を離さないでいようなんて考えていた。

だって。一瞬でも離れてしまったら——どこかに置いていかれそうな気がしたから。

こんなにも満ち足りているのに。こんなにも大切に扱ってくれる人が側にいるのに。

いまだ私は不安のただ中にいる。

＊

数ヶ月では、そう簡単に人は変われない。

そんな現実に直面しながらも、私たち夫婦の間では緩やかな変化が始まっていた。

旅行ブームだ。

父と異母妹に虐げられていた私は、圧倒的に娯楽の経験が少なかった。今まで、怪異を退治するために地方に遠征することはあっても、旅行のために出かけた経験はなかったのだ。驚くべきことに雪嗣さんもそうだったらしい。

「お互いに娯楽の少ない人生を送ってきたんだねえ」

〝停滞〟という異能に目覚め、ある日とつぜん龍ヶ峯家に迎え入れられた雪嗣さんも、ある意味で私と同じ境遇だった。つまり、自分のために時間を使った経験が少ない。

「……なんだか、寂しいですね」

「このままじゃいけない気がするね」

今の私たちには時間があった。雪嗣さんはすでに龍ヶ峯家の当主を引退している。私も、ときおり生家の怪異退治に駆り出されるくらいで、働いている訳でもない。預金も潤沢。資産運用だってしてていたし、少しばかり贅沢しても将来に差し支えはないだろう。

つまり、私たちがその結論にたどり着くまで、そう時間を必要としなかったのだ。

「なら、旅行にいってみよう！」

「……！　本当ですか！」

「うん。前に雛乃さんが言っていた〝してみたいこと〟。ひとつずつこなしていこうか」

それからは早かった。ガイドブックを取り寄せて、アレコレと相談する。

とはいえ、ふたりとも元々旅行に興味があった訳ではない。

行き先の決め手は、共通の趣味である本だった。

「『伊豆の踊子』みたいに、旅をしながら宿を転々としてみたいです」

ふと私が漏らした言葉に「いいね！」と雪嗣さんが乗っかった。それまでファンタジー小説ばかり読んでいた私だったが、ここに来て少しずつ読書の幅を広げていたのだ。ちょうど川端康成の世界に浸っていた私は、かの文豪の常宿が気になって仕方がなかった。

「踊子が手を振っていた共同浴場、まだあるらしいですよ」

「あのシーン、僕も好きだな。これって聖地巡礼ってやつかな。いいね。実際に存在する土地を舞台にしている作品って、どれだけあるんだろう」

「そういう作品を探して、旅の目的にするのも、た、楽しそうですね……！」

「だね！　よし。本棚を漁ろう」

テーブルに本を山積みにする。傍らにはタブレット。本の世界と現実の世界を行ったり来たりする作業は心を躍らせてくれた。ガスランプを手に、物語の森の奥にそっと足を踏み入れるような。ふいに行き当たった水場に目を輝かせるような経験。

手間も時間もかかるけれど、その先に楽しいことが待っている。そんなこと初めてだった。しっかり下調べをした上で、伊豆半島に足を踏み入れた瞬間は本当に感動した。小説の舞台なんて、自分とは次元が違う場所に存在していると信じていたのに、物語に描かれていた情景と現実がシンクロする。今、私は主人公と同じ空気を吸っているのだ。物語と現実の境目が曖昧になっていった。主人公の感情が私の中に溶け込んでいく。

「すごいですね」

「うん。すごい」

私たちは〝物語を旅する〟ことにすっかり夢中になってしまった。

今回の箱根もそうだ。

きっかけは一冊の小説だった。

「雛乃さん！」

ひとり立ち尽くしている私に、雪嗣さんが声を掛けてくれた。景色を眺めているうちに時間を忘れていたみたいだ。ほんのり頬を染めた私に彼が笑いかけている。

「そろそろ宿に向かおうと思うんだけど」

「そうですね」

相づちを返しながらも、私はいまだ景色から目を離せないでいた。

ここは仙石原だ。一面にススキの原が広がっている。雲を思わせる花穂が風に靡いていた。遮るものがないからか、仙石原にたどり着いた風はどこまでも自由だ。弄ばれた花穂が海原のようにうねっている。ススキたちが葉を擦り合わせて風と歌う。波音とは別物でありながら、どこか似通った歌声は、他の音を圧倒してかき消してしまっていた。頭の中が音で埋め尽くされる。今の私の思考には、きっと誰の意思も介入できない。脳内が空っぽになったようだった。一面のススキが奏でる音は、ノイズによく似た力を持っている。

他の観光客の姿も見えるのに。隣には雪嗣さんもいるのに。

――なぜだかとても孤独だ。

「どうしたの？」

指先に温かいものが触れて、沈んでいた意識が舞い戻ってくる。

気遣わしげな碧色を見つけて、ゆるゆると口許を緩めた。

「なんでもありません」

「疲れちゃった？」

「ふふ。これでも祓い屋ですよ。体力だけは自信があります」

雪嗣さんの指先に自分のそれを絡ませて、宿がある方向に歩き出す。

今日はどんな物語に出会えるのだろう。そんな気持ちでいた。

やって来たのは、とある高級宿だ。

創業が大正時代だという歴史のある温泉宿は、日本の小説家が出したシリーズ作、その第四弾の舞台ではないかと言われていた。戦後日本を舞台に、妖怪をモチーフに繰り広げられるミステリーなのだが、作家本人の知識量の豊富さ、モチーフ使いの巧みさも相まって非常に読み応えがある。驚異的な分厚さでたびたび話題に上るその作品は、一部が映画化や漫画化もされている大ヒット作だった。この宿は、その中にある一作と縁があると言われているのだ。妖怪研究家でもある先生ご本人は、作中に登場する宿に「モデルはない」とおっしゃっているようだが、立地といい歴史背景といい、どうにも作中の温泉宿とダブる。なので、みなし聖地巡礼という形で宿泊先をここに決めた。

「……いきなり坊さんの死体が現れたりしないよね？」

「大事件じゃないですか。ぜったいにあり得ませんよ」

「本当かなあ。不安だなあ」

宿に着いても、なんだか雪嗣さんは少しグズグズしていた。

いつも私のしたいことに大賛成してくれる彼だったが、今回に限っては少し様子が違う。読書家の雪嗣さんではあるが、どうにもホラー的な描写が苦手なのだ。件のシリーズ一冊目を読んだ際は、物語序盤に出てくる衝撃的なシーンが恐ろしすぎたあまり、三日三晩本を寝かしたらしい。だがしかし、そもそもこのシリーズは推理小説である。まさかこんな反応をされるとは思いもしなかった。

「無理して読んでもらったみたいで。ごめんなさい……」

「いや、いいんだ。あのほの暗い感じの描写に僕が勝手にビビっただけなんだから。笑ってくれていいよ。普段、祓い屋として怪異と対峙してる癖にって」

「そんなことしませんよ」

「雛乃さんは優しいね。それに比べて僕はどうだろう。情けないなあ。例の探偵社の連絡先を知らないまま、ここを訪れるなんて命知らずだと思わない？　こんな情けない僕に、陰陽師にして古本屋な彼はなんて言うだろう。そもそも、本が分厚すぎるんだよ。あの厚みがすでに怖い。銃弾が貫通しないレベルだもの」

「……なんだかんだ言って、けっこう好きじゃありません？」

「そりゃあね！　なにがいちばん怖いって、あの厚みで最後まで飽きないところだよ」

「やっぱり楽しかったんですね」

「最新巻まで読破済みだよ。安心して！」

じゃれ合いながらチェックインを済ます。

館内には静かな空気が流れていて、当然だが死体が現れそうな気配はなかった。

仲居さんに部屋を案内してもらう。すると不思議なことに気がついた。

「あれ。私が予約したのは、本館の部屋じゃ……」

通されたのは、施設内にある離れのようだった。二間続きで露天風呂まで備えられている。月見台と呼ばれる縁側に、広々とした和室。次の間に置かれたローベッドがなんとも今風だ。心惹かれてはいたけれど、さすがに贅沢かなと諦めた部屋だった。

なんで。どうして……!?

「あ、あの！」

思わず雪嗣さんを見やると、彼はどこか楽しげな笑みを浮かべていた。

「〝この世には不思議なことなど何もないのだよ〟、雛乃君」

なんとも茶目っ気のあるサプライズ。

あんまりにも嬉しくって、たまらず抱きついてしまった。


それからはふたりで楽しく過ごした。

「やっぱり、雪嗣さんは浴衣が似合いますね」

「雛乃さんも素敵だよ。ほら、帯がねじれている。おいで」

思わぬ触れ合いでドキドキしたり、部屋付の露天風呂に一緒に入るのかと勘違いして混乱したり。部屋で食べた季節の懐石料理も美味しかった。

「旅館のご飯って着飾ったお嬢さんって感じで、見ているだけで楽しいですね」

「量は男子高校生って雰囲気だけどね。それ、僕が貰おうか？」

「お、お願いします。このままじゃデザートが食べられなそう……」

離れでの滞在は快適だ。部屋自体が広いのもあるし、大抵のものが揃っているのもあって、閉じこもっていても問題がない。なにより他の宿泊客の目に留まらないで済む。雪嗣さんがこの部屋を手配してくれたのは、そういう一面もあるのかもしれなかった。

「風が気持ちいいですよ」

「火照った体を冷やすのにちょうどいいね」

食後に改めて露天風呂を楽しんだ後、私たちは月見台に座って夜空を見上げていた。残念ながら満天の星空とは言いがたかったが、雲で着飾った大きな月は見ごたえがある。淡く穏やかな月光が地上を照らしていて、静かな夜を彩っていた。

「来てよかったですね」

「そうだね」

気がつけば、自然と笑みを浮かべていた。

地酒を楽しんでいる雪嗣さんも、どこかリラックスした様子だ。

「明日はどうしようか」

「黒たまごが気になりますね」

月を愛でながらポツポツと会話を続ける。他愛のない話だ。ほんの戯れのような内容だったが、それでも私たちには必要だった。ひとつ言葉を重ねるごとに夫婦らしさが増していく。眠る前の密やかなひととき。恋人とも違う距離感に胸がときめいている。

「そろそろ眠くなってきたね」

「……は、い」

鼓動が速くなっていくのを感じた。恐る恐る視線を上げると、碧色の瞳が夜色の中で淡く輝いて見えた。冴え冴えとした月光が雪嗣さんの体格を浮かび上がらせている。柔和な顔立ちのせいか細身に思われがちな彼だが、ゆったりとした衣服の下に引き締まった肉体が隠れていることを私は知っていた。

「おいで」

手を差し伸べられて何度か瞬きをした。

顔が熱い。きっと耳まで赤くなっている。震えそうになる手を、ゆっくり伸ばした。触れ合うとますます鼓動が速まっていく。汗ばんでいる私とは対照的に、雪嗣さんの手はひんやり乾いていた。立ち上がると、思いのほか距離が近い。なんだかいい匂いがする……。夫となった人のあまりの存在感に目眩がした。

「足下が暗いから気をつけてね」

私の内心を知ってか知らずか、雪嗣さんは優しく導いてくれている。

今、彼はどんな表情をしているのだろう？

気にはなるが、確認するほどの勇気は持てなかった。頭がふわふわして雲の上を歩いているようだ。視線を彷徨わせると、大きな手が私のそれを包み込んでいるのが見えた。しなやかな指。血管が浮かんだ手の甲は男性らしさが滲んでいる。

――今晩こそは。

空いている手をぎゅっと握りしめ、顔を上げる。

瞬間、思考が止まってしまった。

いつの間にか、ベッドルームに到着していたからだ。間接照明の淡い光が、ローベッドを浮かび上がらせていた。無意識に息を詰めている。自然と繋ぐ手に力が籠もる。

私の緊張は、最高潮に達していた。

今日ここで、私は——……

そう思っていたのに。

「疲れちゃったね」

想像していたのと違って、雪嗣さんはさっさとベッドに潜り込んでしまった。

「明日も六時起きだ。早く寝よう。おいでよ」

どう見ても休む気満々である。

あまつさえ、笑顔で自分の隣をポンポンと叩いているじゃないか。

——あれ。あれえ……？

なんだか拍子抜けしてしまって、小さく唇を尖らせた。拗ねたみたいに雪嗣さんを睨みつけると、彼は眉尻を下げている。

「いいからおいで」

雪嗣さんは、私の望みを理解している様子だった。その上でこんな態度を取っているのだ。訳がわからない。混乱したまま隣に潜り込むと、彼は私に布団を被せた。

「いい夢を」

額にキスが落ちてくる。柔らかな感覚。嬉しい。嬉しいけれど――

「これじゃない……」

私がほしいのは、こんな軽いものじゃなくて。

思わずこぼした本音に、小さな笑い声が降ってきた。なんだか悔しい。すり寄ってみたり、抱きついてみたりもしたけれど、期待したような反応は得られなかった。

悶々としているうちに、雪嗣さんは早々に寝息を立て始めている。

……ああ、今日も駄目だった。

「なんでなの。まだ十八歳だから？　私が子どもだから……？」

二百年以上の時を生きてきた雪嗣さんから見れば、こんな小娘は取るに足らないのだろうか。手を付ける気にもならない？　あんなに優しいキスはするのに？

ため息がこぼれる。

「こんなの夫婦って言えるのかな」

もうなにも考えたくなくて、そっと目を閉じた。

微睡んでいると、耳の奥でなにかが鳴っているのに気づいた。それは、ススキの原で聴いた歌声によく似ていた。幾重にも重なった音が脳内を埋め尽くしていく。他の音は割り込む余地もない。耳を塞いでみても、それが鳴り止むことはなかった。荒れ狂う水面で翻弄される木の葉のように、私はただただ音の暴力に晒され続けている。

隣に雪嗣さんがいるはずなのに。

彼の温もりは確かに感じているのに。

――なんでか、ひどく孤独だった。


泥濘の底で喘ぐような生活は終わった。

変わらない部分もあるけれど、今の私は光に充ち満ちた優しい生活を送っている。

あんなにも渇望していた〝普通の幸せ〟が手の中にある。

もう大丈夫。誰にも邪魔されず、ただただ陽の光の下を歩いていける――

そのはずなのに、心は不安なままだ。

私はこのまま雪嗣さんの側にいられるのだろうか。彼に置いていかれないだろうか。彼が私を見捨てるはずがないと確信しているのに、嫌な妄想ばかりが頭を過(よぎ)る。

訳がわからない。ひたすら曖昧模糊(あいまいもこ)な不安に責めたてられる日々。


――私と彼の婚姻が、まだ白いままだという事実。

ただ、それだけが私の心を苛(さいな)み続けていた。

第一話　死神姫と死にたがり

時折、自分に都合のいい妄想に浸ることがあった。

どこまでも広がる花畑の中に、ぽつんと建つ一軒家。

隣家は見えない。遠景に広がるのは森ばかりで、虫や動物の気配すらなかった。

日差しは優しく、花は枯れることはなく、小川の水はどこまでも清らかだ。

そこで、私と雪嗣さんが暮らしている。

誰にも邪魔されず、ただお互いのことだけを思いやって過ごす。

煩(わずら)わしいことはなにもない。朝日を喜び、沈む夕日に明日を思う。そんな日々。

――本当にそうなれたらいいのに。

ただふたりだけの世界で生きていけたなら、それだけですべてが満たされるのに。

現実はそう上手くいかない。

〝めでたし、めでたし。ふたりは末永く幸せに暮らしました〟。

物語が閉幕した後も、人生は続いていく。

＊

その日、私は母の仕事を手伝うために出かけていた。

新宿の一角が封鎖されている。規制線の前には大勢の人だかり。ビルの窓は割れていて、ところどころ煙が立ち上っていた。足を踏み入れると、どこか懐かしくも眉を顰めたくなるような臭いがする。血と、なにかが燃えている。削れたコンクリート。人ではないものの残滓。歩きながら、喉の奥からこみ上げてくるものを必死に堪えている。

「どうか下がってください！」警官たちが盛んに声を上げていた。けれど、見物に夢中になっている人々には届かない。彼らの視線の先には祓い屋の姿があった。その一挙一動に喚声が上がる。異様な雰囲気だった。いや――ある意味では日常に違いない。

観衆は祓い屋と怪異の命のやり取りを娯楽としていた。

怪異退治は、一種のエンタテインメントだ。

誰がそう言ったのかは知らないが、現状を鑑みればそうなのだろうと思う。

この世には人々の心の穢れから生まれる〝怪異〟がいる。災害のひとつに数えられていて、発生源が人間である以上は避けられない。彼らを狩ることを生業にしているのが祓い屋。私の生家である神崎家や、嫁ぎ先の龍ヶ峯家は、その中でも名家と言われている。その起源は、平安時代の公家まで遡ることができるという――

怪異と死闘を繰り広げてきた祓い屋たちは、なんとか被害を減らそうと工夫を重ねていき、やがて発生した怪異を結界の中に封じ込めて戦う方法を編み出した。それは、安全性を飛躍的に向上させたのと同時に、娯楽性を高める結果にも繋がったのだ。

「よっしゃああああああっ！」

　祓い屋のひとりが怪異の首を掲げると、大地を揺るがすような歓声が上がった。

　誰も彼もが怪異と祓い屋の戦いに熱狂している。飾り立てたうちわを手にする人、酒を片手に実況じみたことを始める人、スマートフォン片手に動画を撮っている人。結界の中には、怪異の遺骸がゴロゴロしているのにまるで見えていないようだ。事実、そうなのかもしれない。彼らの目には見たいものしか映っていない。

　人々の間をすり抜けていくと、結界師の近くに見知った顔を見つけた。

「お母様！」

「雛乃。よく来てくれたね！」

　母の神崎さつきだ。嬉しそうに目尻に皺を作った母は、勢いよく両手を広げた。

「おいで」

　母の言葉に少しだけ躊躇する。ヴェールなしで外出するようになってからずいぶん経っていたが、いまだ雪嗣さん以外の他人と触れ合うことには不安がある。〝吸命〟の異能が発動していないか慎重に確認をしてから、おずおずと母に抱きつく。柔らかい。焼きたてのクッキーのような匂いがする。

「お母様の匂いって甘いね。安心する」

「ふふ。そう？　さっき、お菓子を摘まんだからかな」

　母と子の抱擁。ありふれた光景だが、少し前の私からすれば考えられないことだった。

私の異能〝吸命〟は、他人の生命力を奪って自身の力に変えてしまうからだ。

初めて異能を発現したのが六歳。私の〝先祖返り〟とも呼べる力は、側にいた母を昏倒させてしまった。私の異能は特別に強く、コントロールが利かなかったからだ。結果、母と長らく離別する羽目になり、異能を封じ込めるヴェールを常用せざるを得なかった。

だがしかし、今の私はヴェールを必要としていない。

それもこれも、雪嗣さんのおかげだった。

許容量近くまで生命力を保持している間、〝吸命〟の異能は停止する――

誰も気づいていなかった〝吸命〟の特性を見つけ出してくれたのが雪嗣さん。彼が、私に〝普通〟に生きる方法を教えてくれた。彼と出会ってから、私の世界は広がり続けている。母と抱擁したり、ヴェールなしで外に出かけられたりする。感謝してもしきれない。

「今日も呼び出しちゃってごめんね。どうしても戦力が足りなくて。主力の子たちが揃って辞めちゃったからねえ。やりくりはしてるんだけど」

「…………。ごめんね、私のせいだよね」

思わずうつむいた私に、母はカラカラと豪快に笑った。

「そんなことない！　そもそもの原因は、私に男を見る目がなかったからだし。雛乃が気にすることないよ。みんなそれぞれ人生があるの。落ち目の家を見限るのは当然のことだよ。むしろ、まだうちなんかにしがみついてる子たちが心配っていうか」

「お嬢、さすがに口が過ぎますよ」

口を挟んだのは老齢の祓い屋だった。錆(さび)色の髪が渋いおじさまで村岡(むらおか)さんという。若い頃から神崎家の当主に忠誠を誓っていて、父から意識不明になった母を殺すように指示されつつも、密かに匿(かくま)ってくれていたのも彼だった。

「事実でしょ。それに村岡、私もうお嬢なんて呼ばれる歳じゃないってば」

「自分にとって、お嬢はいつまで経ってもお嬢ですから」

母とは昔からの付き合いだ。阿吽(あうん)の呼吸というか……。ふたりの間には強い絆を感じる。こういう関係も素敵だなと思って眺めていると、村岡さんと視線が交わった。一見すると気難しそうな顔が緩む。どこか擽ったさを感じる笑みを浮かべて彼は言った。

「まあ、概(おおむ)ねはお嬢の言う通りです。雛乃様が気に病むことはございません。むしろ、度々の協力に感謝しているんですよ。旦那様は快く送り出してくれましたか」

「あ……。いや、えっと……。まあ、なんとか……」

今朝の出来事を思い出すと、たまらず視線が泳いだ。

普段は年相応の落ち着きを見せる雪嗣さんだが、私がひとりで出かけることにだけは渋い顔をする。特に生家の手伝いに関しては顕著(けんちょ)だ。

予定のある日は朝から機嫌が悪い。なかなかベッドから出たがらないし、朝食の目玉焼きはフォークでメチャクチャにするし、そもそも食べ終わらない。着替えだって一苦労だ。自分の服が選べないなんて言い出して、支度に忙しい私を拘束しようとする。化粧をしていると後ろから抱きしめてくるし、トイレにまでついてこようとするし。

『ねえ、やっぱり出かけるのはよさない……？』

甘えた声を出しながら、私の首筋に顔を埋める姿はまるで幼児だ。それもイヤイヤ期。身長一八〇センチに駄々をこねられると手が付けられない。今日は一段とひどかった。おかしいな。雪嗣さんだって、龍ヶ峯家の怪異退治のヘルプが入っていたはずなのに。雪嗣さんは大人。私は大人になりきれていない子ども。そんな気持ちでいたのに、逆転してしまったみたいだった。

――まあ、甘えてくれるのはすごく嬉しい……けど。

つい頬を染めていると、母と村岡さんが顔を見合わせていた。

「仲がよろしいことで」

「……ッ！」

ますます頬が熱くなる。茶化されるとなんだか気恥ずかしい。

彼に求められるのは、悪い気分ではなかった。むしろ、いくらでもしてほしい。

だけど、そういう態度を取られるほどに、私の中の疑問は膨らんでいった。

私をひとりにしたくないくらい好きなら。そんなに大切に思っているのなら。

――ちゃんと体も愛してくれていいのに。

「雛乃、どうした。大丈夫？」

「だ、大丈夫だよ……」

咄嗟（とっさ）に誤魔化したが、母には通じなかったらしい。優しく抱きしめられてしまった。

「なにかあったら相談しなよ。なんでも聞くからさ」

「お母様……」

「今までやれなかった母親業をさせて？　私のためだと思ってさ」

「……うん！」

母との時間は、いつだって心を安らげてくれた。殺してしまったと思い込んでいた人が、元気な姿で目の前にいる。それがどれだけ心を癒やしてくれることか。

雪嗣さんの反対を押し切って、生家の手伝いを続けている理由がこれだった。母の役に立ちたい。少しでも親孝行をしたい。〝普通〟の母子みたいに過ごしてみたい。

灰色の青春を送ってきた私が、人間らしく生きるために必要不可欠なものだ。

だから、頑張れる。

……我慢できる。

ちょっとくらい嫌なことがあっても。

「雛乃様……！」

出し抜けに名前を呼ばれて、びくりと身を竦める。

そろそろと振り返ると、そこには知っているようで知らない人々が勢揃いしていた。

＊

居並んでいたのは、年頃は三十代から五十代までの男女だった。

祓い屋ではない非戦闘員だが、非日常に慣れている気配がある。

「今日はこちらの現場にいらしてたんですね」

進み出てきたのは、白髪交じりの髪を綺麗にまとめた女性だった。見るからに裕福そうで、着物の着こなしに隙がない。貼り付けたような笑みを浮かべて近寄ってくると、躊躇なく私の手を掴んだ。

「婚姻後も生家のお手伝いですか。素晴らしいですね」

「……ッ！」

〝吸命〟が脳裏を過って全身が粟立つ。咄嗟に手を振り払いそうになってしまったが、すんでのところで耐える。そんな失礼なことはできない。してはいけない。

彼らは神崎家に連なる家々の人間だった。名家ともなれば多くの分家が存在している。この女性もそのひとりで、父と異母妹のせいで信用を失った神崎家の復興に、資金面などで協力していると言っていた。

家のため、母のためには、ぞんざいに扱ってはいけない人だ。だから。

──駄目。我慢……。

混乱する頭で〝吸命〟が発動していないか必死に確認していると、なにも反応を返さないでいる私に、女性は胡乱げな視線を向けた。

「やだ。どうして無視するんです？　ひどいわ。やっぱり怒っているのですか」

眉根を寄せた女性は、わざとらしく袖で口許を隠して言った。

「……さつき様がいなくなった後、私たち分家が役目を果たさなかった件。そのせいで余計な苦労をしたのだと、恨んでいらっしゃるんでしょう？」

瞠目（どうもく）した私に、女性は顔を寄せてきた。

「あれはあなたのお父上の指示に従ったまで。私たちが望んだことではありませんよ」

わが家には古くからの定めがあった。神崎家の分家の人間は、本家の血筋で〝吸命〟を継ぐ者に、生命力を供与しなければならない。〝吸命〟を持つ者の実力は、保持している生命力の量に比例するから、神崎家が祓い屋として活動する上で必要な決まり事だった。

だが、彼女たちは母が死んだと聞くなり、父の言いなりになったのだ。本家の血筋ばかりが尊重される現体制に疑問を呈し、新しい風を吹き込もうと異母妹を祭り上げた。私を蔑（ないがし）ろにして生命力の供与を拒否。その結果、私は〝吸命〟で戦うために、動植物から命を奪う羽目になった。

——私が彼女たちを恨んでいるか？　正直、なんとも言えない。

あの頃の私には価値がなかった。父や異母妹からすればゴミも同然だった。自分ですらそう思っていたのだ。だから、生命力を貰えなくても不満すら抱けなかった。

しかし、実態として私の足下には動植物の死骸（しがい）が数え切れないほど積み上がっている。彼らは分家筋の人たちのエゴと、私の弱さの被害者だ。だから怒ってはいなかった。恨んでもいない。なるべく関わり合いたくないだけだ。

だけど現実はそう甘くない。本家に叛意を抱いていたと見なされたくない彼らは、怪異退治が行われるたび、現場に姿を現すようになっていた。

「悪かったと思ってはいるの。許してほしいわ。いいでしょう？」

偽善を分厚く塗りたくった仮面を被った女性は、まるで遠慮がない。粘っこくて、媚びに彩られた声色。自己保身に、落ちぶれてしまった本家への見下し。高すぎるプライドに、弱者へ慈悲深く手を差し伸べてあげていることへの陶酔。

――人間はここまで醜くなれるものなのか。

生理的に受けつけなかった。でも、生家の援助を続けてもらうためには……。

「お、怒ってはいませんよ。おば様」

途切れ途切れに答えると、女性は満足したようだった。

「よかった！　じゃ、今回も私たちの生命力を受け取ってくれる？　償いをさせて」

分家の人間が何人か近寄ってきた。馴染みのない人々に囲まれて、ますます血の気が引いていく。生命力は足りている。いらないなんて言えない雰囲気だ。

「雛乃！」

すると、母が私と女性の間に割って入ってくれた。

「無理をする必要はないの」

そうは言ってくれるものの、私は静かにかぶりを振った。

「い、いいよ。大丈夫。これくらい……」

　悪心を必死に堪えながら、彼らの生命力を受け取る。雪嗣さんのもので満ちていた体は、それほど他人の生命力を必要としていなかったので、すぐに手を離した。ほんの微量しか生命力を渡していないのに、彼らが気にする様子はない。生命力を供与したという事実だけが必要なのだ。

「応援しておりますからね！」

　満ち足りた顔をした女性が去っていく。思わずふらついた私を母が支えてくれた。

「……ごめん。ごめんね、雛乃」

「うん」

　小さくうなずいて体勢を立て直す。

　気遣わしげな母をよそに、私の視線は結界の中にいる怪異を捉えていた。

「煩わしいのがいなくなったから、いってくるね」

「もうちょっと休んだ方が……」

「いいの。体に入ったいらないもの、早く使っちゃいたいから」

　飾らない本音をこぼすと、母が小さく笑った。

「そうだね。雪嗣さんのがあれば、他はいらないよね」

　――本当にそう思う。

　私は雪嗣さんだけいればいい。彼の生命力だけを体に満たしていたい。

　それなのに、現実がそうさせてくれない。

隙あらば、余計な柵が茨(いばら)の棘(とげ)のように心の柔らかいところを傷つけてくる。

「いってきます」

結界師の許可を得て、戦場に立ち入った。

血の臭いが入り交じった風が、私の頬を撫でていく。餓鬼(がき)によく似た怪異が、歪んだ笑みを浮かべていた。同じ怪異が瓦礫(がれき)の中からゾロゾロと姿を現す。欲望を隠しもしない粘ついた視線は、さきほど間近で受け止めたものとどこか似ている。

「おい、見ろよ。龍ヶ峯雛乃だ……！」

「すっげえ美人！　神崎家の現場を見物に来た甲斐があったな……！」

野次馬が騒然としているが、ひどく遠い存在のように思えた。

彼らだって、少し前までは私を異母妹を虐げる人間だと罵倒(ばとう)していたはずだ。

世間には、自己中心的な人間があまりにも多すぎる。すり寄ってくる人間を見るたび、父や異母妹の罪が明らかにならなかったら、私に見向きもしなかった癖にと捻(ひね)くれた考えをしてしまう。だって、誰もが一緒になって私を踏みつけていた。そんな歪んだ想いが胸中に渦巻くと、まっさらだった感情が引き攣れていくのがわかった。心が薄汚れていく。

そうは望んでいないのに。綺麗なままでいたいのに……。

――嫌だ。嫌だな。心穏やかに生きていきたい。

やっぱり、私の世界に他の人間は余計だ。

生命力を武器に変換しつつも、私の意識は大切な人へ向かっていた。

——雪嗣さんに会いたい。

泣きたいような気持ちで、漆黒の死神の鎌を構える。

無謀にも私に狙いを定めた怪異に、無慈悲な刃を振るった。

＊

その日の夕方には、怪異退治を終えることができた。

日が暮れ始めた新宿の街に、カラスの鳴き声が響いている。辺りには怪異の骸が散乱していた。地面に伸びた影を見つめていると、体の中の生命力がずいぶん減っているのに気がつく。このままでは〝吸命〟が発動して周囲の人々を昏倒させてしまうだろう。仕方なしに黒いヴェールを被る。ヴェール越しの世界は色あせて見えた。見慣れた光景だ。かつて私が生きていた世界。

「雛乃、先に帰ってもいいよ」

後始末があるはずなのに、母が気遣ってくれた。分家の人間が、遠巻きに話しかけるタイミングを見計らっているのに気づいてくれたのかもしれない。

「そうだ！　そう言えば、龍ヶ峯家の現場も近いみたい」

「……え」

「向こうは大型怪異らしいから、まだ終わってないんじゃないかな。もしかしたら雪嗣さんが戦うところが見られるかもよ」

「ほんと!?」

沈んでいた気分が持ち上がってくる。タイミングが合えば一緒に帰れるかもしれない。

「ふふ。アンタは本当に雪嗣さんが好きだね」

よほど表情に出ていたのか、母に茶化されて頬が熱くなる。ともあれ、旦那様に会いにいこうと決めた。驚くかな。どんな顔をするだろう。彼のことを考えている時間だけは、他のことに煩わされない。幸せなひとときだ。

龍ヶ峯家が担当しているという現場は、母が言う通りにそれほど遠くなかった。

新宿中央公園だ。高層ビル群の合間にあり、充実した遊具やジャブジャブ池、何本もの桜の木が植えられていて、普段は人々の憩いの場になっている。だが、今日は様相が違った。大勢の警官に消防車や救急車が出動していて、すでに夕闇が迫っているというのに、辺りは騒然としている。それに……。

「「雪嗣様————!!」」

結界の外には、彼のファンとおぼしき人たちがおおぜい集まっていた。

神崎家を抜いて、龍ヶ峯家が実質日本一の祓い屋だと言われるようになってから、雪嗣さんの人気はうなぎ登りだ。まるでアイドルのコンサート会場。浮ついた空気は怪異退治の現場とは思えない。あまりの熱狂振りにちょっと恐怖を感じてしまった。

——彼女たちに見つかったら……。

想像するだに恐ろしい。なるべく目立たないでいようと決意する。

雪嗣さんたちが対峙している怪異は人型だった。一見すると武士に見えるが、あまりにも巨大だ。身の丈はビルの二階ほどの高さがある。墨で塗りつぶしたような甲冑から、ヘドロのような液体を滴らせていて、こぼれるたびに地面が煙を上げる。面頬から覗く眼窩は妖しい光をたたえていて、巨大な刀を振るうと唸るような音がした。猛烈な攻撃が繰り出されるたびに観客から悲鳴が上がる。対する祓い屋たちも苦戦しているようだった。なかなか決定的な一打を打ち込めないでいる。

「落ち着け。隊列を崩すな……！」

聞き覚えがある声がして首を巡らせると、瓦礫の上に雪嗣さんを見つけた。

白い羽織袴が薄闇の中で映えて見えた。凜と前を向いて指示を飛ばしている。手にしているのは、鱗飾りが印象的な大太刀。龍鱗刀だ。

雪嗣さんの異能は〝停滞〟。一般的には〝不老不死〟と呼ばれていて、かつて龍人と交じったといわれている龍ヶ峯の血筋に、稀に生まれてくる異能だった。その人の時間を停滞させる代わりに、龍人由来の力を扱うことができる。更には、異能を発動させると体に変化が起きるのが特徴だった。頬や手の甲に鱗模様が現れ、全身に紫電を纏うようになるのだ。神崎家の〝吸命〟と並んで、世界的に名の知れた異能である。

「今だ。かかれ……！」

雪嗣さんの号令に従って、祓い屋たちが一斉に攻撃を仕掛けた。襲い来る攻撃を躱しながら、次々と斬撃をお見舞いして、巨体の怪異を翻弄していく。それぞれが等間隔になるように位置取っており、統率振りは目を見張るものがある。

「ギャアッ！　ギャアアアッ！」

翻弄され続けている怪異は苦しげな叫びを上げている。まるで羽虫を追い払うように、がむしゃらに刀を振り回した。けれど、暴れる怪異をよそに周囲への被害は少ない。龍ヶ峯家の祓い屋たちが、開けた場所に少しずつ誘導していったおかげだった。

「……すごい」

思わず感嘆の声が漏れる。

一糸乱れぬ彼らの動きに見惚れた。

私の生家である神崎家は、圧倒的に強い〝吸命〟持ちが仲間を率いていくというスタイルだ。対して龍ヶ峯家は個々が強力だ。特別な異能のみに頼らない組織作りには驚かされるばかりだった。そしてなにより——雪嗣さん自身も間違いなく強い。

「道を開けろ……！」

紫電を纏った雪嗣さんが駆けると、まるで稲妻が横切ったようだった。目が眩むような眩しさ。雪嗣さんは襲い来る刀を軽々と躱しつつ、みるみるうちに怪異との距離を詰めていった。大きく踏み込んで一閃。怪異が手にしていた刀が龍鱗刀に弾かれて宙に舞った。人々から歓声が上がったが、雪嗣さんはまったく気にする様子もなく、そのまま一足飛びに舞い上がると、怪異の手首に着地して首めがけて駆け上っていく。

「覚悟っ……！」

「グギャアアアアアアッ……!!」

怪異は反対の手で雪嗣さんを退けようとした。だが、雪嗣さんはまるで意に介さない。迫り来る怪異の指をなます切りにする。だが、怪異の指はみるみるうちに復元していった。指の関節なんてまるで無視した奇妙な動きで雪嗣さんを捕らえようとする。だが、彼は刀を振るのを止めない。雷が地を走るように目にも留まらぬ速さで斬り付ける。やがてそれは、怪異が指を復活させるスピードを上回った。切られた手がどんどん短くなっていく。ちょうど手首が消失した頃、雪嗣さんは勢いのままに怪異の首に斬り込んだ。

「〜〜〜〜〜〜〜!!」

声にならない怪異の絶叫が辺りに響く。

次の瞬間には、怪異の首は宙を舞っていた。夕焼けに染まった公園に、鮮血が彩りを添えた。雪嗣さんの雪のような髪が、純白の羽織袴が赤色を纏う。黄昏よりもなお鮮やかになった彼は、怪異討伐を喜ぶでもなく、静かに宙を舞う首の行方を視線で追っていた。

「すごい……！」

「やりやがった！」

観衆が沸き上がると、雪嗣さん以外の祓い屋たちが一斉に刀を掲げた。

「討伐しました――――！」

いっそう歓声が大きくなる。

世界を埋め尽くすような音の渦の中、私は雪嗣さんの姿にただただ見とれていた。

ぱちり、ぱちりと紫電が弾けるごとに、白い髪が宙で揺れた。赤と白。二色で塗りつぶされた彼の中で、なお存在を主張しているのは海よりも深い碧色。その瞳は、いつもの優しさをどこかに置き忘れてしまったようだった。怜悧な視線、表情が抜け落ちた顔は別人のように思える。透けるような肌に赤い血糊が映えていた。血で濡れた刀を手に、地面に落ちた怪異の首を見つめる様は、どこかもの悲しげに見える。

——彼もまた孤独を感じているのかもしれない。

ふいにそんな考えが頭を過った。熱狂の渦に巻き込まれている周囲とは、あまりにも温度差があったからだ。ここで行われていたのは命のやり取りだ。見世物ではない。そのことを理解しているからこそ、彼は集まっている人たちと同じ感情を持てない。誇らしげに成果を主張している部下とも同じになれない。異質にならざるを得ない——

心臓が痛いほど鳴った。

なんでだろう。雪嗣さんがどこかへいってしまう気がしてならない。

「雪嗣さん……」

一歩前に進み出る。黒いヴェールが邪魔だった。幼い頃から親しんだ視界だ。でも、今は彼の姿をまっすぐ捉えられないのがもどかしい。

「雪嗣さん！」

結界はまだ解かれていない。それでもなにか言葉を掛けたかった。

私の存在に気づいていてほしい。私を忘れないでいてほしい。

「雪嗣さんっ……!!」

必死に声を張り上げる。大声を出すことなんて滅多にない。絞り出した声は掠れていた。

駄目だ。歓声にかき消されてしまう。きっと彼には届かない。

「あれ」

そう思っていたのに、雪嗣さんは私に気がついてくれた。

ぱちり。ぱちり。何度か瞬きした後。

「雛乃さんだ。迎えに来てくれたんだ！」

いつも通りの笑みを浮かべてくれた。そのタイミングで異能を解除したらしい。鱗模様が消え、紫電を纏わなくなった彼は、孤独とは無縁のような顔をしていた。

「嬉しい。一緒に帰ろうね！」

無邪気に手を振ってさえいる。よかった。ホッと胸をなで下ろしていると、あちこちで騒ぎが起きているのに気がついた。

「雪嗣様が笑った……！」

「きゃあああっ！　誰か救急車！」

彼の笑顔を目撃してしまったファンが卒倒してしまったのだ。周囲は混沌に包まれている。あまりにも異常な状況に、ここでようやく思い出した。

夫は、世間では無愛想で無表情だと思われている。通称〝死にたがり〟で——

そう言えば、私以外には滅多に笑顔を見せないんだったっけ……。

*

「雛乃さん！　ちょっと待っていてね！　着替え終わったらすぐにいくからね！」

「雪嗣様。落ち着いてください。また被害者を増やしたいんですか！」

「それって僕のせいなの？」

雪嗣さんと部下のやり取りを遠目に眺めながら、ベンチに座った私はゆっくり息を吐いた。なんだか罪悪感がすごい。うちの夫がすみませんという、訳のわからない感情が胸中に渦巻いている。しかも、ファンの子たちからは遠巻きに観察されていた。敵意とも好奇心ともつかない視線を注がれて、非常に居心地が悪い。

――雪嗣さんの人気、本当にすごいなあ……。

当主だった頃を上回っているかもしれない。現当主があまり顔を出したがらないのもあって、ますます人々からの注目を浴びている。まあ、雪嗣さんは素敵だし。優しいし。今までその魅力に誰も気づかなかっただけで、元々ポテンシャルはあったし……。

それにしても複雑だった。

夫の魅力をわかってくれて嬉しいような、そうでもないような。

「雪嗣さんの奥さんは私だもん」

まだ、白い結婚だけど……。

事実を思い出すと、ますます胸が重くなっていく。

――喫茶店にでも避難しようかな……。

ひとり悶々としていると、私の前に二人組が立った。

「龍ヶ峯雛乃さんですわね？　ごきげんよう！」

声を掛けてきたのは女性だった。腰まで届く黒髪は少し緑がかっている。金色の瞳の中の瞳孔は縦長で、巫女装束を思わせる衣装は彼女が結界師であることを示していた。異能持ち独特の美しい容姿。メリハリのあるプロポーション。自信に満ちあふれた表情は異母妹を思い出させる。思わず身構えていると、彼女は「水神紅子」であると名乗った。

「水神家の……？」

その家名には覚えがあった。確か龍ヶ峯家の分家だったはずだ。代々蛇神を祀っているだとかで、優れた異能持ちや結界師を輩出することで知られている。水神家の人間とは、私も何度か共闘したことがあって、顔を知っている人間も何人かいた。そう言えば、紅子の連れには見覚えがある。

「雛乃。久しぶり」

「夕夜くん……？」

「そうだよ。覚えていてくれて嬉しいな」

水神夕夜。〝威圧〟の異能を持つ優秀な祓い屋だったはずだ。周囲の人間から遠ざけられ、ぞんざいな扱いを受けていた私にも優しくしてくれた。紅子と同じ緑がかった黒髪を、マッシュカットにして襟足を刈り上げている。一重の目許は涼やかで、ともすれば地味になりがちな顔立ちのはずだが、どこからか滲む色香が華を添えていた。彼と最後に会ったのは、私が地方で怪異退治に明け暮れていた頃。もう五年ほど前だ。

「ひ、久しぶりだね。どうしてここに？」

「今日は水神家も駆り出されてたんだ。相手が大型だったからな」

「……なるほど。お、お疲れ様……です」

状況をようやく理解する。だが、彼らが私に声を掛ける理由がわからなかった。戸惑っていると、焦れた様子の紅子が話に割り込んできた。

「夕夜兄さん！　わたくしが先に声を掛けたんですのよ！　兄なら妹に譲りなさい！」

「紅子、さすがにちょっとそれは横暴すぎるだろ」

ふたりは兄妹のようだ。紅子は私に挑戦的な視線を向けた。

「わたくし、一度はあなたとお話をしてみたかったんですの」

迫力のある美人に睨みつけられて、思わず縮み上がった。

怯えを隠せないでいる私に、紅子は不愉快そうに眉を顰めている。

「まったく。どうしてこんなのが雪嗣様の妻なんですの？　世間ではおしどり夫婦だとかなんとか持ち上げられていますけど、納得できませんわ。そもそも、雪嗣様の妻になるべきはわたくしの予定でしたのに」

「……え？」

驚きのあまり固まっていると、紅子は嘲りを含んだ笑みを浮かべた。

「知りませんでしたの？　代々の龍ヶ峯家の当主は、水神家の娘と縁を結ぶことが多いんですの。なのに、あなたが横やりを入れてきた。〝龍ヶ峯の代替わりの際に、引退した当主に神崎家の直系を娶らせる〟なんて、ほとんど実現していない盟約を持ち出してね……！　不愉快ですわ！　さっさと離婚すればいいですのに！」

あまりにもストレートな悪意に絶句してしまった。初対面の相手に罵倒を受ける筋合いなんてない。困惑のあまり夕夜くんに視線を投げると、彼は呆れかえった様子だった。

「……紅子。水神家の女が、必ず龍ヶ峯家の当主と結ばれる訳ではないよ」

「なっ……!?　なにを言いますのよ、夕夜兄さん!?」

「俺は事実を言ったまでだ。ただ単にお前が雪嗣様の妻になりたかっただけで、勝手にそうなると思い込んでいただけだろ。昔から龍ヶ峯のご当主に憧れていたもんなあ」

「～～～～ッ!!　きいいいいいっ！　馬鹿馬鹿馬鹿っ！　なんでここでそれを言うんですの!?　せっかく優位に立ててましたのに。兄さんはいつだってそう！　なんだかんだとこの女を庇う発言をする！　騙されているのですわ！」

「いい加減にしろ。さすがの俺も怒るよ」

真っ赤になってポカポカ叩いてくる紅子を、夕夜くんは険しい表情で諫めている。

どうやら、本当に紅子の思い込みだったようだ。

——よかった……。

雪嗣さんの妻は私。そこに間違いはない。一瞬にして全身が汗で濡れていた。小さく震える体を宥(なだ)めていると、紅子は不愉快そうにむくれている。

「言われっぱなしで悔しくありませんの？　弱気だわ。ますます雪嗣様に相応しくない」

ただの言いがかり。そうはわかっていても、言葉の棘は心の柔らかいところを的確に貫いてくる。無言のまま紅子を見上げると、彼女は美しい顔を歪めて続けた。

「それに、あなたって本当に雪嗣様を愛しているのかしら。ストックホルム症候群というのをご存じ？　誘拐事件や監禁事件の被害者が、犯人に過度の連帯感や好感を抱いてしまう現象ですわ。別に雪嗣様は犯罪者ではありませんけれど、生家で虐げられ、どこにも逃げ場所がなかったあなたは、被害者と同じ境遇じゃなくって？」

「……紅子。さすがにその理論は無理筋じゃないか」

「いいえ、いいえ！　間違いありません。本当に心から雪嗣様を愛しているのなら、生家の問題が明らかになった時に別れるべきだったんですわ。醜聞(しゅうぶん)まみれの人間は雪嗣様に相応しくありませんもの！　自己愛ばかりで相手を思いやれていない証拠です。同情心を煽って雪嗣様を独占するなんて。浅ましい。だからさっさと離婚を——」

「誰が離婚するって？」

冷え切った声が辺りに響く。

紅子の背後には、いつの間にか雪嗣さんが立っていた。

「あ、あ、あ、あ……。ゆ、雪嗣様。これはですね……」

紅子は一瞬にして表情を取り繕った。「誤解ですわ」と笑顔を浮かべてさえいる。

「わたくしは、身の程知らずに思い知らせてやろうと考えただけですの。ですから、これは親切心。雪嗣様を思っての行動ですわ。それより、今日はお疲れ様でした。この後、打ち上げなんてどうでしょう……」

ほんのり頬を染めて、そろそろと雪嗣さんに向けて手を伸ばす。彼の袖に触れようとした瞬間、勢いよく手を振り払われた。

「触らないでくれる？」

凍てつく視線を注がれて、紅子は戸惑いを隠せないようだ。「身の程知らず？　それは誰のことかな」淡々と告げられる言葉に、みるみるうちに顔色をなくしていった。

「僕の妻は雛乃さん以外にあり得ない。変な言いがかりをつけるのは止めてくれる？　誰かが雛乃さんの地位に代わるなんて、世界が滅んでもあり得ないよ。申し訳ないけれど、君には微塵も興味を持てない」

次に雪嗣さんは私に視線を向ける。

碧色の瞳を柔らかく溶けさせて、手を差し伸べた。

「おいで」

手を引っ張られて立ち上がる。気がつけば彼の背後に移動していた。両手を雪嗣さんの胴に回されて固定される。バックハグの体勢だと理解すると、徐々に頬が熱を持っていった。視界が彼の背中で埋め尽くされている。温かい。守られている感じがする。

「雛乃さんの愛情は、まやかしなんかじゃないよ」

その言葉が、悲鳴を上げていた心をなにより安らげてくれた。

「は、い……」

大丈夫。私はこの人を愛している。愛せている。

これだけは間違いないはずだ。体の内側で一生懸命主張している熱だけは信じられる。

「水神夕夜、身内の監督くらいしっかりしてほしいものだね」

「申し訳ございません」

「雛乃さん、そろそろ帰ろうか」

やがて私たちはふたりで歩き出した。後ろを確認すると、泣いている紅子を夕夜くんが慰めている。彼は私の視線に気がつくと、申し訳なさそうに軽く頭を下げていた。


新宿から自宅は車で一時間ほどだった。龍ヶ峯家が用意してくれた車で移動する。フカフカのシートに体を預けると、体が重いのに気がついた。思いのほか消耗していたらしい。

脱力して小さく息を漏らすと、肩に重みを感じた。

「……雪嗣さん？」

彼が私にもたれかかるなんて珍しい。

不思議に思って声を掛けると、雪嗣さんはなんだか拗ねた顔をしていた。

「駄目？」

予想外に甘えた声。

「いいですよ」

くすりと笑ってうなずくと、彼の指が私のそれに絡みついてきた。自分のものとは違う、男性らしい筋張った指。それが、私の形を確かめるように優しく撫で摩っている。ドキドキしていると、雪嗣さんが肩にぐりぐりと頭を擦りつけてきた。

「ねえ、あの男とどんな関係？」

「男……。夕夜くんですか？」

「そう。水神夕夜。なんだか親しげだったけど」

「別にそんなに親しいとは思わないんですが……」

「雛乃さんが普通に話してた。それだけで特別だってわかる」

「……そうでした……？」

自分ではよくわからない。雪嗣さんの横顔を盗み見ると、ちょっぴり突き出した唇が彼の不満を表しているようだった。なんだろう。すごく珍しい。

「彼とはよく地方の戦場で顔を合わせていまして。初めて会話したのは、私が十二歳くらいの時で……た、たぶん彼も、同い年くらいだったんじゃないかなって思うんですが」

窓の外を流れていく景色を眺めながら、当時をしみじみ思い出していた。

「あの頃の私はひどい扱いを受けていました。子どもなのに、大人でも苦戦するような怪異を担当させられて。戦うための生命力を確保することも大変で。血を流していても〝吸命〟を怖がって誰も手当すらしてくれなくて……。なのに、怪我をしちゃったんです。現場の隅っこで痛みを堪えていた時、声を掛けてくれたのが彼でした」

あの時のことは、今でも鮮烈に覚えている。それだけ珍しかったからだ。

神崎家の唯一の直系でありながらも、当主代行であった父に私が疎まれていることは、周知の事実だった。誰もが私を腫れ物のように扱う。祓い屋というものは、たとえ他家であっても現場で共闘する機会が多いから、時流に敏感な者ほど私と距離を置いた。

当時、夕夜くんの存在は認識していた。

同い年くらいに見えていたし、彼もまた現場でひとりでいることが多かったからだ。でも、それまではお互いに不干渉だった。それなのに。

『……大丈夫？』

その日に限って、夕夜くんは私に声を掛けてくれた。

彼がくれたのは、小さな絆創膏だった。怪異から受けた傷の程度を考えてみると、まったく足りない。けれど、少年の優しさがあまりにも嬉しくて。

『ありがとう……』

久しぶりに、温かい気持ちになったっけ。

それから私たちは、大人に隠れて一言二言会話するような仲になった。

他愛のない会話を交わすだけだ。連絡先すら知らない。友人らしく一緒に遊んだりもしない。ただただ、血なまぐさい戦場で同じ時を共有している。そんな関係。

「なんというか友人未満って感じですね。えっと。知らない訳でもないので、同じ現場になると少しだけ寂しさが和らいで嬉しい。そんな存在が夕夜くんです」

「ふうん」

　話を聞きながら、雪嗣さんは私の指を弄んでいた。

　自分から聞いてきたはずなのに、気もそぞろだ。らしくないと不思議に思っていると、急に雪嗣さんの顔が近づいてきた。私の首元に顔を埋め、すんと匂いを嗅ぐ。

「……なっ!?」

　真っ赤になってしまった私をよそに、彼はどこか不満そうだった。

「知らない臭いがする。僕じゃない人間からも生命力を貰ったでしょ」

「ひえ、ひえええええっ……！」

　べろりと首元を舐められて、頭の中が大変なことになった。なんで。どうして。必死に雪嗣さんを引き剝がそうとするも、男性の力に私が敵うはずもない。

「大人しくしてて」

「いや。でも。待って」

「待てない」

　硬直してしまった私に、雪嗣さんは苛立ちを隠せないようだった。

「だから神崎家の現場にはいかせたくないんだよ」

瞳に獰猛な色を浮かべると、私の上に覆い被さってくる。

私を見下ろす彼の表情に、普段のような柔和さはなかった。

怪異退治の現場で見かけた表情に近い。誰よりも孤独で、どこか寂しげな――

〝死にたがり〟の顔だ。

「雛乃さんは僕のものなのに。僕の知らない人間関係も、大事な君の心を土足で踏みにじる奴らも。ぜんぶ気に入らないなあ」

ヴェールをまくり上げた彼は、私の唇に嚙みついてきた。

歯が当たってちくりと痛む。けれども、すぐに柔らかい唇に包まれて、痛みなんてどこかへいってしまった。彼の息づかいと柔らかな熱に翻弄される。同時に勢いよく生命力を注がれた私は、混乱する思考を整理することもできないまま、彼に身を任せることしかできないでいた。

――このまま、すべてを奪ってくれればいいのに。

そんな浅ましい願いが脳裏を掠めるが、相手は雪嗣さんだ。

私を求めてやまない癖に、どこかで一線を引いている。

愛おしい人は、きっと今日も私を宝物のようにしまい込むのだろう。

そんな予感がして、彼の熱に翻弄されながらもほんの少しの虚しさを感じていた。

第二話　死にたがりは、移ろいゆく関係に

僕の世界には色がなかった。

いつまで経っても変わらない世界は色あせていて、なんの温もりも与えてくれない。

だけど、今はどうだろう。

隣には雛乃さんがいてくれる。

彼女が僕の時間を動かし始めた時から、わずかに世界は色を取り戻した。

思えば、宝物を見つけた感覚に近いのかもしれない。

目にするのも悍（おぞ）ましいものにあふれた世界で、雛乃さんがいる場所だけがひどく鮮やかだった。それは、どんなに季節が移り変わっても変わらない。春夏秋冬、どんな風景の中にいたって、美しいものはすべて雛乃さんに集約されている。

彼女は宝石みたいだ。

鮮やかに輝く紅い瞳はあまりにも美しくて、大切に仕舞っておきたくなる。

だって、なにもかもが愛おしくて仕方がないからだ。

君が見せた憂い顔も。ふと振り返った時の笑顔も。

差し出した手の温かさも。長い睫毛から落ちる薄い影も。

僕を見つめる紅色の瞳からこぼれ落ちた涙の色も。

君がくれた言葉や、ふと見せてくれた表情でさえ覚えていたい。

触れた時に、指先に灯る熱も。少しだけ速くなった鼓動のもどかしさも。

すべてが大切だった。だってそれは、雛乃さんが与えてくれたものだから。

「あ……」

ふいに触れた唇が甘くて。その温かさに目眩がしそうになる。

「きゅ、急にどうしたんですか？　ふふ、びっくりした……」

困ったように笑う雛乃さんが眩しくて、何度か瞬きをした。

ああ、夢みたいだ。

泥濘の底に沈むような人生だったのに。今は陽だまりの中心にいる。

「これからもずっと一緒にいたくて。……いて、くれるよね？」

こぼれた声は少し震えている。けれど、そんな弱気な発言は不躾な風がかき消してしまった。煩わしいくらいに銀杏の葉が降り注いで僕の視界を遮る。詰めていた息をそっと吐き出すと、目の前には大切な人の笑顔があった。

「もちろん。側にいますよ。私には雪嗣さんしかいません」

嘘つき。そう叫びたかったが必死に飲み込んだ。

ヴェールを脱ぎ捨てた彼女は、少しずつその世界を広げていっている。

一緒に過ごす時間が増えるごとに、彼女以外のものに価値はないと思い知る僕とは裏腹に、雛乃さんは生き生きとした表情を見せるようになった。前まではひとりで出かけることすらできなかったのに。誰かとすれ違うことすら恐れていたのに。陽の下に素顔を晒し、誰彼構わずその美しさで魅了して、近づいてきた人間に笑顔を振りまく。

今の彼女は極彩色の小鳥のようだ。誰もが愛さずにいられない。

目を離せば、手の届かない場所に飛び去ってしまうだろう。

その事実がこんなにも苦しいなんて。

彼女が側にいる。それは、とてもとても幸せなことのはずなのに。

胸にぽっかりと空いた穴はいまだ埋まらないまま。

ただただ乾いた風が吹き抜けている。

＊

その日、僕たちは龍ヶ峯家の本邸を訪れていた。そこは都心からずいぶんと離れた辺鄙な場所にある。時代遅れの純和風建築。都内とは思えない鬱蒼とした森が付随する邸は、僕が知る限り江戸時代から場所が変わっていなかった。使い古された廊下、格式だけが高くて利便性に欠けた部屋。当主を閉じ込めるための檻。まるで現代に現れた異世界だ。

当主を引退した僕からすれば近づきたくない場所だった。けれど、そうもいかないのが現実世界の辛いところだ。一度繋がってしまった縁は、そうそう簡単に断ち切れない。

「よう来てくれたね！　歓迎するで」

当主の部屋で僕たちを出迎えてくれたのは、白髪碧眼の男だった。

龍ヶ峯吟爾。今代の当主だ。黒縁眼鏡をかけた、どこか胡散臭い細面の男である。口許から覗く八重歯が特徴的で、〝停滞〟を発動させた証である白髪は伸ばしっぱなしにして、ハーフアップにしている。スエットの上に羽織を着ているのはおしゃれのためではない。面倒くさいからだ。だらしない癖に承認欲求だけは一丁前のようで、当主業をこなす傍ら、動画配信サイトでゲーム実況をしている。実況のために専用のアバターを作る手の込みようで、軽快な語り口で人気を博しているようだ。伝統を重んじる龍ヶ峯家の人間からすれば頭の痛いことだろう。奴ら……特に上層部の化け物じみた年寄り連中は〝停滞〟の異能に選ばれた人間を〝それらしく〟仕立て上げることに心血を注いでいるからだ。その点で言えば、吟爾は規格外にもほどがあった。

……まあ、僕にとってはどうでもいい話だ。

問題は、奴がそこそこの頻度で雛乃さんを呼び出すことにある。

「吟爾、いい加減にしろよ。雛乃さんだって暇じゃないんだから」

「ええ～。雪嗣くんってばいけずやなあ。ポテトチップス、食べたなってしもたんや。しゃあないやろ。雛乃ちゃんは『いつでも呼んで』って言うてたし。せやんな？」

「は、はあ。食べたいものを食べられない気持ち、わ、私にもわかります、から」

「せやろ～！　さっすが雛乃ちゃん！　一番の理解者やあ～！」

「止めろ。雛乃さんに触るな、近寄るな、馴れ馴れしくするな」

「うっわ。心狭ない？　雛乃ちゃん、こんな旦那さんでストレスすごいんちゃう」

「ねえ、少しは黙っててくれない？」

正直、吟爾は苦手だった。

会うたびに調子が狂う。できれば顔を合わせたくない相手。

――なのに、どうしてこんなことに……。

きっかけは、愚かな僕の提案だった。

〝停滞〟の異能で不幸になる人間を増やしたくない――

気まぐれで起こした親切心のせいで、こんな面倒なことになっている。

僕や吟爾、代々龍ヶ峯家の当主は、もれなく白髪碧眼。そして〝停滞〟の異能を持っている。かつて龍ヶ峯家の人間が龍人と交わったことで得られた力だが、そこには普通の人間にはとうてい耐えられない副作用があった。

〝停滞〟は所持者の時間を止める。異能を発現した時点の状態を維持しようとするのだ。

つまり〝停滞〟持ちの人間は、食事も睡眠も排泄も必要としなくなる。

なんてことのない副作用だと思うかもしれないが、僕にとっては地獄だった。なにせ精神は〝停滞〟しない。好物を目の前にしても指を銜えて見ていることしかできず、誰もが寝静まる夜中に起き続けていなければならない孤独。そもそも、食欲と睡眠欲は人間が抑圧された感情やストレスを発散させるために必要なものだった。解消方法を封じられた僕は、すべてを溜め込んでいくしかない。抱えたものが増えていくほど精神は削られていく。

心が弱っていく。すべてがどうでもよくなって、希死念慮が強くなっていった。

……今でも夜は憂鬱になる。

あの頃感じた孤独が、宵闇と一緒にそろそろと忍び寄ってくるようで苦手だ。

――そんな僕に手を差し伸べてくれたのが、他でもない雛乃さんだった。

彼女が持つ〝吸命〟は、僕の〝停滞〟の力を打ち消してくれる。雛乃さんに生命力を供与することによって、停まっていた体内時計が動き出すのだ。雛乃さんのおかげで、僕は二百年振りに食事と睡眠が摂れた。心のうちに溜まっていた澱をようやく吐き出せたのだ。

彼女は救いだった。僕の心を、命を、すべてを救ってくれる。雛乃さんがいなければ、とうの昔に命を絶っていたはずだ。彼女がいなければ生きていけない。

……だからこそ、吟爾の態度には腹が立っている。

優しい雛乃さんは、僕だけではなく吟爾にも救いの手を差し伸べた。必要だと思った時に〝吸命〟を使うと約束したのだ。そのせいで、ほんの些細なことで頻繁に呼び出されるようになってしまった。優しい雛乃さんが断らないのをいいことに、だ。

「これこれ！　もうすぐ東日本での販売が終了するんやって。子どもの頃から好きやってん。ぜったい食べなアカンと思うとったんや」

「そのために呼び出したの？　少しくらい我慢しなよ……」

「え。嫌や。今日食べたかってん。配信の時にネタにしたかったし」

「あのな。僕の話をちゃんと聞いてる？」

「はいはい。次からは気をつけます～。あ、雛乃ちゃん。日本茶好き？　たっっっっっかい玉露(ぎょくろ)を買うてきてん。みんなで飲もう思て！」

　吟爾の行動は、いちいち僕の気に障った。理由は様々だ。龍ヶ峯家の当主だというのに、精神が幼すぎる。前当主である僕に尊敬も遠慮もない。雛乃さんにもだ。

「すぐに家の者に湯を沸かしてもらうからな。……って、はっ!?　雛乃ちゃん!?」

「えっ……？」

「いや～、やっぱりべっぴんさんやな！　なんぼでも眺めてられる～！」

「……なんだ。お世辞ですか」

「いやいやいや！　自分、鏡を見てきぃや？　それでもアカンかったら目医者にいき」

　それに、雛乃さんへの好意を隠そうともしない。

　すべてが不満だった。常識が通じない生き物を相手取っている気分だ。

　――いや、それだけじゃないな……。

　アレコレ原因を挙げ連ねなくとも、僕が吟爾を苦手に思う理由はひとつしかない。

　その脳天気さに腹が立っているのだ。

　吟爾は、今のところまったく副作用を苦にしていなかった。

　僕が生まれた江戸時代とは違い、現代社会に於いて暇を潰す方法などいくらでもある。眠らない街なんて珍しくもない。むしろ、不便さを楽しんでいる節すらあった。

『長時間配信できる！　しかも飯とトイレタイムが不要とか。神～！』

吟爾はまったく未来を憂えていない。今がよければそれでいいとさえ考えている。

その脳天気さが僕の心をザワつかせるのだ。危うくて見ていられない。背後に絶望が忍び寄っているのに、ヘラヘラ笑う姿は刹那的で精神に悪かった。

将来を考えれば、現実を思い知らせてやるべきなのだろうが——

「雪嗣くん、なんやすごい顔で僕を見て。怖いわ～。睨まんといて。雛乃ちゃんと仲がいいからって嫉妬は止めてくれる？」

ああ、ああ。まったく可愛げがない。だから本邸に来るのは嫌なんだ。

「…………」

「と、とにかく。〝吸命〟を始めましょうか」

なんとなく険悪な空気が流れ始めると、雛乃さんがフォローを入れてくれた。ありがたい。これ以上、吟爾と言葉を交わすのは嫌だったから。

「うん。そうだね。さっさと済ませて帰ろう」

笑顔で愛らしい顔を見つめると、彼女はほんのり頰を染めた。

「……う」

ぱちぱちと目を瞬いてから、恥ずかしそうに視線を畳に落とす。耳まで赤くなっている。先日の怪異退治の後、車の中で無理やり唇を奪った時からこんな感じだった。

思い出しちゃったのかな。可愛い。照れているんだろうか。すごく可愛い。紅い瞳と相まってウサギみたいだ。なんて可愛い。家に持ち帰りたいなあ。誰の目にも留まらない場所でゆっくり過ごしたい。

「ちょっとお。そこでふたりだけの空気を作らんといてくれます～？」

「ここ僕の部屋なんですけど」

……面倒ごとは一刻も早く終わらせるに限る。

僕は小さく息を吐くと、雛乃さんに視線で合図を送った。

「じゃ、じゃあ、吟爾さん……」

雛乃さんが、まさに白魚と呼べる手を吟爾に差し出す。

奴は仰々しく頭を下げてから、それに触れた。

「今日もよろしく頼みます」

「……はい」

異能を発動させると、雛乃さんの瞳が淡く光った。瞳の色が紅から深蘇芳へ移りゆく様は何度見ても飽きない。祓い屋というものは、力を増すごとに容姿までもが研ぎ澄まされていく。〝吸命〟の異能は他人の生命力を糧に己の力を高めるから、異能を使うごとに彼女は美しくなっていくのだ。雛乃さんが醸す色香に目眩がしそうだった。濡れた瞳は宝石のようで、滑らかな頬は淡く染まり、唇は熟れた桜桃を思わせる。花盛りの薔薇が朝露に濡れるかの如き光景。いつもは僕だけが独占しているそれを、吟爾が間近で目撃している。

――僕の。僕だけの雛乃さんなのに。

心が引き攣れて、掻き毟りたくて仕方がなくなった。

小さく息を吐く。そっと瞼を伏せた。

彼女と結婚してからというもの、己の嫉妬深さを思い知った。

ここのところ常にこんな調子だ。不思議でならなかった。雛乃さんと婚姻を結ぶまで、こんなにも誰かに執着したことなんてなかったのに——

——落ち着け、僕。冷静になれ。

これくらいで嫉妬心を露わにしてどうする。僕は雛乃さんの夫だ。その地位は簡単に揺るがないし、彼女の気持ちは僕にある。そう理解しているのに、どうしても感情を抑えられなかった。自分の視野の狭さに、許容量の少なさに嫌気が差す。だけど、自分以外の誰かが、彼女に生命力を分け与える行為だけは慣れそうになかった。〝余計なもの〟が雛乃さんに混じるなんて耐えられない。でも、耐えなければならないだろう。彼女がそうしたいと望んだのだから——

いい夫であるために、僕は欲求を抑え込まなければならない。

「…………。クソ」

吟爾と過ごすこの時間は、やはり苦手だった。強烈な独占欲に頭がクラクラする。

苦しく思いながら瞼を上げると、ふいに吟爾と視線が交わった。

興味深そうな顔。苛立ちが募って、子どもみたいにそっぽを向いてしまった。

「こ、これで三日は普通に暮らせると思います……」

「ありがとさん！　茶でも飲んでいって」

無事に生命力の吸収を終えた僕たちは、茶を飲みながら少しばかり雑談をしていた。

あとは帰るだけだ。さっさと帰宅しようと考えていたのだが、いざ退室しようとしたところで、吟爾に呼び止められてしまった。

「そや。雪嗣くん、こないだ調べてくれって言っとった件。報告させてほしいんや。なんぼか情報共有したい件もあるし。残ってくれへん？」

「わかった」

すぐに雛乃さんとふたりきりになれると思っていたのに。

仕方なしに部屋に残ると、吟爾が困り顔になった。

「当主同士の込み入った話になるから、雛乃さんは外しててくれる？」

「は、はい」

「庭でも眺めて来るとええで。紅葉が見頃やし」

「確かに……！」

雛乃さんは期待交じりの視線を僕に向けた。うなずくと、仔犬みたいに目を輝かせ始める。ぴょこん、と礼をした彼女は、足取りも軽く部屋から出ていってしまった。

障子戸が閉まる音が響くと、室内の空気が色あせた気がする。薄日が差し込む畳の部屋は寒々しく、どうにも居心地が悪い。彼女がいなくなった方向を名残惜しく眺めてから振り返ると、思いのほか胡散臭い顔が近くにあってうんざりした。

「それで報告ってなんなの。吟爾」

「おお。雛乃ちゃんがおらんと、ますます顔が怖いなあ」

「………。君に長々と付き合うつもりはないんだ。用件は？」

じろりと睨め付けた僕に、吟爾は戯（おど）けた様子を見せた。

「僕、現当主やのに。ちょっとくらい優しくしてくれたってええやろ？」

「冗談は顔だけにしてよ」

「ええ～！　ひどくない!?　僕の繊細な心が悲鳴を上げとる。えーん、えーん」

「……帰る」

「すまん。ほんまにすんまへん。込み入った話があるのは事実やから！」

どうやら嫌がらせや悪戯（いたずら）の類いではないらしい。

仕方なしに座布団に座ると「ほんま、アンタ変わったな」と吟爾はため息をこぼした。

「……変わった？　僕が？」

「そや。初めて出会うた時は、こんなつれない態度やなかったのに……」

確かにそうだったかもしれない。新しく〝停滞〟の異能に選ばれた吟爾という人間に対して、多少の同情心を抱いていたからだ。でも、今の僕に同じことを求められても困る。

あの頃とはなにもかもが違うのだから。

「悪かったね。僕を苛立たせるようなことばかりするからだよ」

「アッハッハ。そらすんまへん。あんまり反応が素直やから面白ぉて。あ、嘘です。冗談です。帰ろうとしないで。まだ本題にも入ってへんのに！」

半泣きになった吟爾は、コホンと小さく咳払いをした。

「まずは情報共有から始めましょか」

肘掛けにもたれかかると、どこまでも胡散臭い男は更に胡散臭い話を始めた。

「雪嗣くん、異能解放学会て知っとります？」

「異能解放……？　初耳だな」

「僕もようわからんのですけど、異能の研究で有名な学者が立ち上げた団体で、偉い人がぎょうさん所属してるそうです。設立のきっかけが雛乃ちゃんの事件だそうで」

「……本当に？」

それが事実なら、雛乃さんの事件を食い物にしている人間がいるということだ。

顔色を変えた僕に、吟爾は声を潜めながら続けた。

「方々で公言してるんで確かだと思います。具体的な活動内容はよく知らへんのやけど、特別な異能を持つが故に虐げられたり、差別されたりした人や、逆に異能がないから居場所がない人を救いたいんやて。雛乃ちゃんが神崎凜々花に虐げられていた件。あれ、良くも悪くも話題になっとったでしょ。今、異能持ちに対して世間の関心がえらく高い。ワイドショーや雑誌に、代表が頻繁に顔を出しとるみたいや」

「……そのことを雛乃さんは」

「んー。知らんのちゃうかな。元々、そんなテレビも雑誌も見ない言うてたし。雪嗣くんこそ、雛乃ちゃんからなんか聞いとらへんのですか」

「そういう話が出たことはないね」

「なら、単に流行に乗っかって、雛乃ちゃんの名前を使こてるだけなんやろな。いや、そのうち仲間に引き入れようとしとんのかも知れまへんけど。アイツらの主目的は、たぶん……祓い屋名家の人間やと思うさかいに」

「どうしてそうなる？」

「学会の人間がうちにも来たからですわ。龍ヶ峯の異能から解放されたないかって」

「解放？　異能をなくすってことかな？　そんなことできるはずが……」

「奴らはできると言うてましたよ。本当かは知らんけど。界隈でも話題になっとります。歴史ある祓い屋の家に生まれて苦しい思いをしとんのは、なんも雛乃さんだけとちゃう。命懸けで戦いたくない人間も、能力がない故に孤立しとる人間もぼちぼちおるさかい」

「…………。そうか」

　僕だって〝停滞〟の異能を捨て去りたいと考えたことは、一度や二度じゃない。異能さえ発現しなければ、僕の人生は平々凡々で終わるはずだったのだ。

「奴らの目的はなんだろうね」

「さあ？　僕は断ったからようわかりません。せやけど、新興宗教じみた臭いはしましたね。追い詰められとる人間を甘い言葉で誘って、逃げられへんようにする感じ？　正味、吐き気がしてとっとと追い返しましたけど」

吟爾は畳に視線を落とすと、どこかもどかしげな顔で呟いた。

「……反吐が出る。自分を救えるのは自分だけやのに」

そこに、いつもの飄々とした様子は窺えない。

脳天気な男だと思っていたが、彼にもそれなりの過去があるのかもしれなかった。

ぼんやり物思いに耽っていると、吟爾が顔色を窺うような視線を向けてきた。

「ほんで、ですね。この話を先にしたのは、ちゃんと理由がありましてぇ……」

「なに？」

「雪嗣くん、学会の勧誘に引っかかりそうやなって思て」

「――は？」

不快感を露わにした僕に、吟爾は取り繕うように言った。

「だ、だって！　アンタ〝死にたがり〟でしょ。学会の人間が目をつけそうやないですか！　ぶっちゃけ、関係者に注意喚起が回って来とるんですわ。そんなんに前当主が引っかかったら大事やと思うのは当然やろ!?」

「……馬鹿か。僕はこの異能を手放すつもりはないぞ」

「ほ、ほんまに？」

「君に嘘を吐く理由がない」

確かに〝停滞〟の異能は忌々しくて仕方がない。以前の僕なら、喜んで手放したに違いなかったが、今はそう思えないのだ。この異能は雛乃さんと僕を繋いでくれる貴重な鎹である。彼女の側にいるためにも——手放せない。

「それならええんですけど！　余計なお世話してすんまへんね！」

半ばヤケクソな様子で叫んだ吟爾は、どこか煮え切らない様子だった。

「だけど、ほら。僕も他人事やないでしょ。同じ異能持ちやし。僕だって別に異能がほしかった訳でもない。捨てられたらええなって考えが頭を過ったのは事実で……」

吟爾は、どこか切羽詰まった顔で続けた。

「雪嗣くん、知っとるやろ。龍ヶ峯の当主は、引退してからだいたい数年以内に自殺しとるんよ。死なんと水神家の娘と結婚した当主もいたけど、離婚や死別した途端に命を絶っとる。〝停滞〟の副作用のせいやろうが……。だから僕、雪嗣くんが雛乃ちゃんと結ばれた時に安心したんや。副作用を怖がらなくてええんやって。呪いみたいな連鎖から逃れられたんやって。だから、のほほんとしてた。せやけど最近の雪嗣くん、結婚する前よりも余裕があれへんように見える」

「…………」

「正直怖いんや。もしかしたら雪嗣くん、まだ異能の呪縛から解放されてへんのやないかって。せやから、僕に調査なんて依頼したんやろ。依頼内容聞いた時はびっくりしたわ。なあ、なんでなん。なんで今さら——」

吟爾はどこか探るような視線を僕に寄越した。

「神崎と龍ヶ峯の間で結ばれた盟約が、過去に果たされなかった原因を知りたいんや」

「…………」

「なにか、あるんやないの？　〝吸命〟ですら解決できんなにかが」

僕はそっと息を吐いた。

まさか、吟爾がここまで僕の事情に踏み込んでくるなんて。

この男に依頼をしたのは迂闊だったろうか……。

後悔の念に駆られながらも、それは違うと思い直した。

――そうだ。この男にも真実を知る権利はあるはずだ。

僕たちは〝停滞〟という異能のせいで、人生を狂わされた仲間なのだ。たとえどんなに気に入らない相手でも、苦しみを分かち合うくらいはしていいかもしれない。

「まだわからないんだ。はっきりしたことはなにも言えない」

青白い顔をした吟爾に、僕はあえて淡々とした口調で告げた。

「確かに僕は、君から見れば呪縛から解き放たれたように見えるのかもしれないね。事実として、彼女の異能は〝停滞〟による苦痛を和らげてくれた。今はもう好きなだけ眠れるし、食べられる。数年前までは想像もつかなかった幸福な生活だ。でも、それだけじゃない。それだけじゃなかったんだ」

今にも泣き出しそうな顔になってしまった吟爾を哀れに思う。

僕は、ただ事実を告げた。

「正直ね、僕はまだ死にたいよ」

話が終わると、呆然としている吟爾を放置して障子戸に手を掛けた。

「異能解放学会ね……」

吟爾からの調査報告は芳しくなかったが、それらの存在を知れたのは僥倖だった。

――本当に異能を解放できるなら。もしかすると……。

思案しながら戸を開け放つと、庭師によって整えられた庭が一望できた。

――そうだ。雛乃さんを迎えにいかないと。

ずいぶんと時間が経ってしまった。心配しているかもしれない。

なんとはなしに視線を巡らせると、とある光景が目に飛び込んできた。

中庭に誰かが並んで立っている。ひとりは雛乃さん。もうひとりは……。

「水神夕夜？」

たまたま再会したのだろうか。穏やかな雰囲気で会話しているようだが――

――ああ。なんだかすごく嫌な予感がする。

気がつけば、僕はその場から駆け出していた。

第三話　死神姫と蛇神

当主の部屋を辞した私は、中庭に続く廊下を歩いていた。

「込み入った話ってなんだろう」

不思議に思いつつも、私の視線は中庭の風景に釘付けになっている。

吟爾さんの言う通り、紅葉が今まさに見頃だった。磨き上げられた廊下に、真っ赤なもみじが映り込んでいる。燃えるように紅い木々が彩る中庭は、落ち葉のどことなく甘い香りで満ちていた。飛び石の上にも、普段は掃き清められているだろう地面の上にも、紅い軌跡が描かれている。ハラハラと葉が散りゆく様は、無常を想わせながらも、次代へ繋ぐ命の灯火をも感じさせ、見とれてしまうほどに美しい。

なんとなく景色を乱したくなくて、意味もなく息を潜めながら縁側に腰を下ろす。頬を柔らかな風が撫でた。鼓膜を木々の囁き声が擽っている。

穏やかで、自由な時間だった。

なにかを殺すのが怖いとヴェールの陰に隠れていた頃が嘘みたいだ。

――こんな時間を持てるのは、すべて雪嗣さんのおかげ。

彼と出会ってから、私は確かに変わった。

でも、変わらないところもある。臆病で、いつまでも過去に縛られている私……。

「そこが、もう一歩踏み出せない原因なのかな」

どうすれば白い結婚から脱却できるのか。

ここのところ、そんなことばかり考えている。

「雪嗣さんがなにを考えているのか、ちっともわからないな」

彼はまるで雲のようだ。確かにそこにあるのに、手を伸ばしてみても指の間をすり抜けていくだけ。風が吹けばあっという間に遠ざかっていく。彼の優しさは確かに感じているのに、あまりにも曖昧なそれに私の心は翻弄されるばかりだった。

ひらひらともみじが宙を舞っている。

――この光景も一緒に見られたらいいのに。

季節ごと暮れていく赤色が目に染みて、時間を忘れてただそこにいた。

「……雛乃？」

ふいに名を呼ばれて顔を上げる。そこにいたのは水神夕夜だった。

和装だ。紺地の縮緬（ちりめん）の袷（あわせ）に共布（ともぬの）の羽織。やけに畏（かしこ）まった印象である。どうしてここにいるのだろう。不思議に思っていると、彼もまた同じように感じているようだった。

「ご当主に会いに来たのか？　意外だな。現当主と前当主は不仲だと思っていた」

「……な、仲がいいとは言えないけどね。定期的に会っているよ」

「そうなんだ？」

興味深そうに首を傾げる様が、見ごたえのある風景の中で映えて見えた。

和装って本当に紅葉に合う。そう言えば、今日の雪嗣さんの装いもとても素敵だった。焦げ茶の結城紬の色がすごく良くって……。羽織紐の飾りが紅い漆を塗った玉で「君の色に似ているよね」なんて言うものだから、ちょっと照れくさかったな。

――私も久しぶりに着物を着たくなっちゃった。

ぼんやり考え事をしていると、おもむろに夕夜くんが隣に腰掛けた。

「俺は、この間の謝罪に来たんだ」

「……謝罪？　なにかしちゃったの？」

「なんだ、忘れたのか？　妹の紅子がお前に喧嘩を仕掛けただろ。雪嗣様に直接謝罪はしてあるけど、本家に筋も通さなくちゃいけなくて」

「ああ……」

正直、忘れかけていた。

あの時は確かに傷ついたけれど。それより後の出来事が衝撃的すぎて……。

「頬が赤いけど、大丈夫か？」

「う、うんっ！」

うっかり元気いっぱいに返事をしてしまった。奇妙に思われたかもしれない。不安に思っていると、夕夜くんは小さく笑みをこぼしただけだった。

「お前がなんとも思っていないなら、それはそれでいいんだけど。無理はするなよ。そうだ！　時間があるなら少し散策しないか。積もる話もあるし」

「……謝罪は終わったの？」

「順番待ちをしてる。分家が本家の当主様に会うためには、けっこう苦労するんだ」

「そうなんだ」

戯けた様子が少し面白くて、思わず笑ってしまった。

子どもの頃はとんでもなく無愛想だったのに。大人になって彼も変わったのだろうか。

「お前って、そういう風に笑うんだな」

「え……？」

予想だにしなかった言葉を投げかけられて、なんとなく彼の顔を見つめた。

切れ長の瞳が柔らかく細まっていた。優しげな雰囲気はどこか陽だまりを思わせる。秋の日差しが彼の緑がかった黒髪を透かしていた。秋が深まっていく光景の中で、彼が持つ色もまた美しいと思う。

「人間だもの。私も笑うよ？」

小首を傾げれば、彼はますます目を細めた。

「前は笑わなかったよ」

「そう、だったかなあ……。そうか。昔はそうだったよね」

「不幸な過去を忘れるなんて。それだけ今が幸せだってことかな」

夕夜くんの言葉に、一瞬だけ思考が固まる。

じわじわと胸の奥から温かなものが広がってきて、擽ったさに思わずはにかんだ。

「かもしれないね」

それから、中庭をふたりで散策しながら様々な話をした。とはいえ、さほど共通の話題がある訳ではない。話題の中心は、自然と祓い屋関係になってしまう。

「水神家は、ま、前よりも勢いがあるね」

「本家である龍ヶ峯が乗りに乗っているからな。自然とね。龍ヶ峯ほど強くはないけど、うちにも特有の異能があるから、あっちこっちの現場で重宝されてる」

「〝威圧〟……だっけ？　すごいよね、蛇神の眼力で対象物の動きを止めるの」

「補助に回る羽目になって、ちっとも目立てないけどな……」

「ふふ。目立ちたいの？　もしかしてファンクラブがほしいとか？」

「別にそれはいらないけど。俺だって命懸けで戦ってるんだから多少はね」

「そっかあ……」

思えば、こんなにも夕夜くんと会話を重ねるのは初めての経験だった。

あの頃の私たちは、お互いに余裕がなかったと思う。生き延びるのに精一杯で、外の世界どころか、隣に立っている人の表情を窺う余裕すらない。

今は心持ちそのものが違うのだと、時間が経つごとに実感が増していった。夕夜くんとの会話はとてもスムーズで、他の人と比べるとあまり言葉が詰まらない。生家が順調なおかげか、夕夜くんの表情も終始穏やかだった。殺伐（さつばつ）とした戦場で孤立していた頃の面影はもうない。人好きのしそうな雰囲気は、きっと誰もが惹かれて止まないはずだ。

自分たちの成長と変化を感じられて、思いのほか楽しいひとときだった。

自然と顔がほころぶ。夕夜くんの醸す優しい空気感が心地いい。

「神崎家はどうなの？　お母さん、ずいぶんと苦労しているみたいじゃないか」

小さな池の前にさしかかった頃だ。夕夜くんがこう切り出してきた。錦鯉が悠々と泳いでいるのを眺めながら、なんとはなしに答えた。

「……そうだなあ。あの騒動のせいで、うちに所属してくれてる異能持ちの数が減っちゃったの。信用を失っちゃったから他家との連携も取れなくって……。報酬が高い大型を倒したいんだけど、そうもいかなくってね。今は我慢どころだって言ってた」

「お前も手伝ってるんだろ？」

「できる限りはね。いま〝吸命〟の力を持っているのは、私と母だけだし……」

「そうなんだ。なら、なんで雛乃は家に戻らないんだ？」

瞬間、喉の奥が詰まる感覚がした。

「神崎家の人間に戻って、次期当主としての務めを果たすのが普通じゃないの？」

心の温度が低くなっていくのを感じながら、そろりと夕夜くんの表情を確認する。悪意は感じられない。たぶん、何の気なしに放たれた言葉なのだろう。でも、私にとってはあまりにも思いやりのない言葉だった。雪嗣さんの側にいることを否定された気がして、頭の奥がじんと痺れる。母も賛成してくれていることや、将来について考えていることを伝えたかったのに、怒りのあまり口から漏れ出したのは拒絶だった。

「……どうして、そんなことを言うの。雪嗣さんと別れろってこと？　ゆ、夕夜くんも妹さんと同じ考えなのかな」

　思わず距離を取ると、夕夜くんは少し驚いたようだった。

「わ、悪い。言い方が悪かった。単純に疑問だったんだよ。紅子みたいに離婚しろとか言いたい訳じゃなくって。お前って実家を守ることにすごく真剣だったろ？」

「そう、だったかな」

「間違いないよ。父親や異母妹にあんな目に遭わされていても、いつだって祓い屋の仕事に一生懸命だった。母親が大切にしてきた家を守っていきたいからって。子どもなのに、ちゃんと家を背負っているんだって……俺も、背筋が伸びる思いだった。だから、実家が大変な時期に戻らないでいるのがとても不思議で」

「……確かに当時はそうだったのかもしれない。でも、それって今と関係あるのかな」

　あの時、私が必死だったのは、母を殺してしまったと思っていたからだ。

　罪を償うためにも責任を取らなくてはならない。そう思い込んでいたからだ。

「母は生きていたの。私は誰も殺してなかった。なら、私が自由になったら駄目なの？　家に尽くさないとおかしい？　……好きな人と一緒にいることは罪なの？」

　気がつけば涙目になっていた。

　じっと夕夜くんを見つめていると、彼は気まずそうに目を逸らしてしまった。

「本当に悪かった。あの頃のお前とは状況もなにもかも違うのに」

「…………」

なんとなく謝罪を聞きたくなくて、夕夜くんに背中を向けた。水面に落ちたもみじが揺らぐ様を眺めていると、玉砂利が擦れる音がした。顔を上げると隣に彼が立っている。その顔を見た瞬間、私は思わず目をまん丸にしてしまった。

「……ああああ。謝罪に来たってのに、俺はとんでもないことを……」

だって、あんまりにも落ち込んでいたからだ。綺麗な顔はしょぼしょぼで、今日のために整えて来たのだろう髪を、今にも掻き毟りそうな気配すらある。

「だ、大丈夫だよ!? こっちこそ、ちょっとしたことで不機嫌になってごめん！」

慌てて慰めると、彼はますます弱り切った表情になった。

「ほら～。また気を遣わせてしまった。ごめん。本当にごめん」

「あ、しゃがむと羽織が地面に着くよ……！」

これから吟爾さんに会うというのにいいのだろうか。

慌てて立ち上がらせるが、手遅れだった。裾にたっぷり落ち葉がついてしまっているし、朝方の雨で少し濡れていたのか、わずかに水分も染みていた。

「「うわあ」」

思わず頓狂(とんきょう)な声が同時に漏れた。なんとなく顔を見合わせる。

それが妙におかしくって、笑ってしまった。

「……価値観の押しつけはよくない。今日で学んだよ」

「夕夜くんって意外と繊細なんだね……」

「俺ってそんなに図太く見える？　たぶん紅子のせいだな。アイツが方々で問題を起こすから、火消しに奔走しているうちになんだか老け込んじゃって」

「もうおじさんになっちゃったの……？」

「待って。俺とお前、そう歳は変わらないはずだよな!?」

再び顔を見合わせてケラケラと笑う。

こんな綺麗な場所でお腹を抱えて笑うなんて。これも初めての経験だった。


それからの私たちは、特に揉めることもなくスムーズに会話ができていた。

特に祓い屋界隈の近況に関しては興味深く、聞き入ってしまうほどだ。

「今ってそういう風になってるんだね」

「雛乃ってけっこう世情に疎いんだな。意外だ」

「だって、テレビもネットも苦手で……」

メディアは私にとって嫌な情報があふれている。

過去の事件を思い出さないためには、自衛するしかなかったのだ。

「やっぱり自分でも情報収集するべきだよね」

「別に無理しなくてもいいんじゃないか？　雪嗣様も実家の人たちもいるだろ。無理する必要はないさ。誰かに頼ればいいんだ。例えば俺とかね」

「……！　本当？　じゃあ、なにかあった時は頼ってみようかな」

なんだか、普通の友だちみたいだ。

――こういうのも初めて……。

緩みっぱなしの頬を必死に引き締めようとしていると、ふいに夕夜くんが呟いた。

「……あの頃も、こういう風にたくさん話せていたらよかったな。そうしたらさ、今よりもっと仲良くなれていただろ？」

「会話をしてくれるだけでも、すごく助かっていたよ……？」

「それはそうなんだけど。なんかこう……悔しくてな。もしもさ、あの頃の俺が行動を起こせていたら――」

秋風がさわさわと庭木を騒がせている。

じっと夕夜くんの言葉に耳を傾けていると、彼はどこか苦しげに眉根を寄せていた。

「お前の隣に立っていたのは俺だったのかな」

少し掠れ気味の、希う（こいねが）ような声。そこに、どんな意味が、どんな感情が込められているのか、私には理解できなかった。答えを見つけたくて彼を見つめ続けるが、金色の瞳はただ淡く存在を主張するばかりで、本心を教えてはくれない。

「……あんま見んな」

仕舞いには、なんだか照れられてしまった。

「ごめん」慌てて謝ると、彼はククッと喉の奥で笑っている。

「いいよ。今はそれで」

「……？」

「あ～あ。龍ヶ峯雪嗣がうらやましいよ。特別な血に選ばれて、ある日とつぜん名家のご当主様だろ。しかも異能の力は強大で見栄えがする。こんな可愛い奥さんまでいて、幸運な男だな。なんの苦労も知らないんだろうな――」

「そっ、そんなことない!!」

らしくない大声を出すと、夕夜くんは驚いたようだった。

「あれ。俺ってば、またやっちゃった……？」

神妙な顔で姿勢を正す彼に、私は小さくかぶりを振った。

「う、ううん。大きな声を出してごめん。でも、これだけは知っていてほしいの。雪嗣さんはね、誰よりも恵まれてなんかない。不自由さに苦しんできた人で……」

他人に彼の姿がどう映っているかなんて知らない。だけど、彼の痛みを私は知っている。苦しみを理解している。だからこそ、偏見で語られるのだけは我慢できなかった。

「だ、だからね、夕夜くん――」

「それでもやっぱり、俺はうらやましいと思うよ」

言葉を遮られて目を丸くする。

先ほどまでの気楽さはどこへやら、至極真剣な表情で夕夜くんは言った。

「俺も雪嗣様みたいに苦しんでいたら、雛乃に気にかけてもらえてたのかな」

「え……」

ちりっと肌が引き攣れた気がした。

彼の言葉は時々難解だ。私にはすぐ理解できない。

なんだかもどかしくて、迷子になった時のような不安感に見舞われた。どういう意味なのか問いただしたいけれど、それを聞いてしまったらこの関係が壊れてしまいそうだ。臆病な私は、居心地の悪さを感じたまま口を閉ざすしかなかった。

「……雛乃っ！」

ふいに手首を摑まれて振り返ると、そこに見慣れた碧色を見つけた。

「あ、雪嗣さ――」

そのまま彼の腕の中に閉じ込められる。ずいぶんと急いで来たらしい。息が上がっている。じんわりと汗が滲む彼の顔を見上げると、余裕なげに眉を顰めていた。

吟爾さんとの話は終わったのだろうか。そう思いながら、ポケットからハンカチを取り出す。頰を伝った汗を拭ってあげると、ようやく一息吐いたようだ。

「お疲れ様です」

「うん」

私を抱く腕に力を込めると、雪嗣さんは胡乱げな眼差しを夕夜くんに注いだ。

「水神夕夜。どうしてここに？」

「分家の人間が本家に来るのは、不自然なことではないと思いますよ」

「それはそうだね。僕の奥さんが世話になったみたいだ」

「旧知の仲ですから構いませんよ。お気遣いなく」

ふたりの醸す雰囲気は、どことなく険悪だ。

らしくない態度を疑問に思っていると、ふいに夕夜くんと視線が合った。

「そうだ、雛乃。今度、ご実家に伺わせてもらってもいいかな？」

「……うん。それは構わないけど。どうして？」

「さっき言ってたじゃないか。怪異退治の件で苦労しているって。俺なら、なにか手助けできると思う。もしかしたら、うちの人間を貸せるかもしれない」

「本当？」

「水神家は名家と違って縛りが少ないし、異能の特性も相まって、他家に出向することが多いんだよ。きっと力になってあげられる」

「そうなんだ。お母様も喜ぶね。ありがとう！」

「いえいえ」

もしかしたら、実家の状況を改善できるかもしれない。

――今日ここに来て良かったな……。

ふんわり嬉しく思っていると、頭上から視線を感じた。そっと見上げれば、いつもは柔らかくて温かい色を灯している碧色の瞳が違う気配を纏っている。まだ冬には早いはずなのに、あまりにも冷たい色。見慣れない印象に落ち着かなくなった。

「雪嗣さん？」

「もう用は済んだよね。帰ろう」

「は、はい」

手を引かれて歩き出す。

背後を見やって夕夜くんに手を振ると、彼も振り返してくれた。

「俺たち、もう友だちだよな!?」

ぱちぱちと目を瞬いて。大きくうなずいておく。

――友だち。友だちだって。

なんだか頭がフワフワしていた。うん、たぶん今の私は浮かれている。

その間も雪嗣さんはズンズン先へ進んでいく。頑なな気配をその背中から感じて、歩いているうちにどうにも不安で仕方なくなってしまった。

様子がおかしい。私、なにか間違ってしまっただろうか。

「あ、ああ、あ、あのっ！」

声を掛けると、角を曲がったところでようやく雪嗣さんは足を止めてくれた。

やっぱりその表情は冴えない。いったいどうしてしまったのだろう。

「雪嗣さん、私……」

こくりと唾を飲み込んで、必死に自分を落ち着かせた。

なにか言わなくちゃならない。ここで黙っているべきではない気がする。

以前の私は、自分の意見を口にすることはなかった。黙殺されるか、暴力に訴えられるだけだったからだ。すべてを諦めていた。自分なんていないものだと考えてさえいたのだ。

でも――今は違う。彼は私のことを無視したりしない。だったら、自分の気持ちをきちんと言葉に乗せるべきだ。私の考えを知ってほしい。

――それに、彼の不機嫌さの原因が白い結婚の理由に繋がっているかもしれない。

ならば今、なにを問うべきか。なんとなく答えはわかっていた。

「私、あまり他の人と親しくしない方がいいですか？」

先日、怪異退治の帰りの車の中で、彼はこんなことを言っていた。

『雛乃さんは僕のものなのに。僕の知らない人間関係も、大事な君の心を土足で踏みにじる奴らも。ぜんぶ気に入らないなあ』

その時から、少し引っかかってはいたのだ。雪嗣さんは私が他人と関わるのを厭っているのかもしれない。でも〝普通の人間として〟生きた経験が少ない私は、他人の心の動きにひどく鈍感だ。もしかすると、私が気づいていなかっただけで、知らぬ間に雪嗣さんを傷つけていた可能性がある。

――ああ、そんなの嫌だ。

自分が許せなくなりそうだった。

私がいちばん大切なのは彼なのに。彼以外のものは特別ではないのに。

ちゃんとした夫婦になるためにも、彼の気持ちを粗末に扱いたくはない。

「友だちになるの、断ってきます」

「ま、待って！」

踵を返そうとすると、すかさず引き留められた。「違う、そうじゃない」と否定されるも、とうてい納得できそうにない。どうすればいいかわからなくて、じっと雪嗣さんを見つめる。彼を安心させたい。彼の心を乱したくない。それだけが私の願いだったから。

「……ごめん。これは僕側の事情で。雛乃さんはなにも悪くない。大丈夫だよ。最悪な家族から解放されて自由になれたんだ。もうどこにでもいける。誰とだって触れ合っていいし、誰と仲良くしたって咎められない。僕に気を遣わなくてもいいんだ」

雪嗣さんは私の頬に手を伸ばした。かすかに指が震えている。手つきもぎこちない。

「君の人生の邪魔をするつもりはないんだよ。だから、大丈夫」

ああ、ぜんぜん大丈夫なんかじゃないや。これは嘘。彼なりの優しい嘘だ。

夫婦なのに。一緒に同じ人生を歩んでいるつもりだったのに。

どうしてこんなにもすれ違っているのだろう。

——原因はなに？　私の行動が彼を不安にさせている……？

私が密かに抱いている不安を、雪嗣さんも感じているのだろうか。

目を離せば、好きな人がどこかへいってしまいそうな。

心は噛み合っているはずなのに、ふとした拍子で外れてしまいそうな予感。

――こんな気持ち、私だけかと思っていた。

この人は私が好きなんだ。束縛したくなるくらいに。

その事実がじわじわと沁みてきて、どうしようもなく心が満たされて体が震えた。うっとりするような感覚とは裏腹に、ほんの少しだけ罪悪感が募る。こんな状況、ちっとも健全じゃない。目指していた〝普通の〟夫婦とも違う気がする。だけど、誰にも必要とされず、誰からも踏みつけにされてきた私からすれば、こんなに喜ばしいことはなかった。

「雪嗣さんっ！」

意を決した私は、勢いよく一歩前に進み出た。思い切り背伸びをして――

彼の頰に唇を軽く触れさせる。

触れ合ったのはほんの一瞬。なのに、あまりにも恥ずかしくて全身から火が出たみたいに熱くなった。どうしよう。体の震えが止まらない。雪嗣さんの顔が見られない。

「……雛乃さん？」

雪嗣さんが私の耳元で囁いた。

低くて優しくて、なんて甘い声だろう。

ますます羞恥心が募って、彼の胸に顔を埋めてしまった。もう無理だ。いろんなゲージが空っぽになった気分。このまま帰りたい。そんな状況だったのに。

「キスは頰にだけ……？」

おねだりの声が耳朶を掠めて、腰が砕けそうになってしまった。

「む、むむむ無理です……」

息も絶え絶えだった。だのに、雪嗣さんはまるで容赦がない。

「雛乃さんも僕が好きなんだね？」

私の腰を抱え込むと首筋に唇を落とす。

体に電流が走ったみたいになって、くたりと彼に体を預けた。

「す、好きです。大好きです。だから、信じてほしい。私が側にいたいのは、私が一緒に過ごしたいと思うのは、雪嗣さんだけなの」

私は雪嗣さんのもので、他の誰のものにもならない。

それだけは確定事項。どんな状況にあっても揺るがない。

願いを込めた言葉を紡いで、そろそろと伏せていた瞼を上げる。

瞬間、あまりにも透き通った瞳に出会ってしまって、息を呑んだ。

「うん。僕もだよ」

視界いっぱいに彼の顔が広がる。

触れた唇の甘さに酔いしれて、再び私は瞼を伏せた。

美しい庭の景色よりもなによりも、彼の色だけに見とれていたい。

そう思ってしまったから。

＊

その日の帰りがてら、私たちは話し合いの時間を持った。

さすがに危機感を覚えたからだ。このままじゃいけない気がする。

「雪嗣さん、私……ちゃんとした夫婦になりたいんです」

白い結婚の件が頭を掠めたが、それ以前の問題な気がしていた。

私たちは夫婦なのに、相思相愛で想い合っているというのに、なぜだか微妙にずれた場所を歩んでいる。そしてそれが、様々なすれ違いを生んでいるのだ。

「これからの生活の中で、雪嗣さんが不安にならないようにしたい、です」

原因はわかっている。私たちはお互いだけを必要としているからだ。

だからこそ、他からの干渉は精神の負担にしかならない。なのに、立場が許してはくれないのだ。否が応でも人付き合いが発生する。特に凋落してしまった生家関係は避けられないだろう。私の中に、神崎家が祓い屋の名家として復興するまで、手伝いたい気持ちがあったからだ。

私の自由を奪いたくないと雪嗣さんは言ってくれているが、私だって彼に負担を強いたい訳ではない。ならば、どうするべきなのか。その答えは雪嗣さんがくれた。

「僕たちって話し合いが足りないのかもね」

言葉が足りないから不安になる。相手の行動に心が乱される。だったら、もっと話し合えばいい。言葉をたくさん交わせばいい。お互いの気持ちを確認し合って、ひとつひとつの不安を解消すればいいのだ。

「意思疎通って大事ですね」

「普通の夫婦も当たり前にやっていることだよね。だから雛乃さん。僕にしてほしいこと、やってほしくないことがあったら、遠慮なしに言うんだよ。できる限り実現するように努力するし、僕も言うからさ」

「いま私に求めていること、なにかありますか」

わずかに瞳を揺らした雪嗣さんは、どこか苦しげな表情で要望を口にした。

「水神夕夜には、あまり近づかないでほしい……」

「う。実家関係で会う機会が増えますが。ど、努力しますっ……！」

「無理しなくてもいいよ。わかってるんだ。これが僕のわがままだってことくらい」

雪嗣さんはしょぼくれている。

可愛い人だった。どうすれば、私の気持ちをしっかり伝えられるだろう。

「雛乃さんはなにかないの？　今の僕にしてほしいこと」

「……あ」

私には、ひとつだけ思い当たることがあった。

「雪嗣さん。さっそくひとつお願いがあるんですが」

「うん？　なにかな」

「……さっき、雛乃って呼び捨てにしてくれましたよね？」

「え」

「あれ、すごく嬉しくて。ずっと〝さん〟付けなの、気になっていたんです」

そっと彼の耳元に顔を寄せる。少しドキドキしながらこう告げた。

「これからは、私の呼び方を変えてみませんか。できれば、その……他の人が呼んだことがないのがいいです。雪嗣さんだけの、両親にだって許さない呼び名を……」

——あなただけが特別なの。

言葉の意味を汲み取ってくれるか心配していると、彼の耳朶がほんのり染まっているのがわかる。その色鮮やかさに目を引かれて、ふんわり微笑んでしまった。


新しい約束事を増やした日。

「雛。これからは君を雛って呼ぶよ」

それは、彼からの呼び名が少し変わった日だった。

私たちなりの夫婦に近づけているかな。

ちょっとずつ進んでいたらいいな。

秋色に染まった世界の中で、そんな風に考えていた。

第四話　死神姫の夫婦生活とお仕事

私たちの夫婦生活は児戯(じぎ)にも等しい。
以前もそう思ったけれど、ここのところはますますそんな感じがする。
普通の人たちなら、一足飛びにこなしてしまうことをゆっくり進めていくからだ。
だって、私たちには私たちしかいなくて。
それぞれが相手に対して、びっくりするくらい重い感情を抱いている。
仕方ないよね。生い立ちが生い立ちだったから。
私を檻から出してくれたのが彼で、彼が人間として生きるのに必要なのが私。
運命的だけど、悲劇的な状況で出会ったふたり。
それも、普通の生き方をできなかった夫婦が、まっとうな道を進めるはずがない。
だから、私たちは慎重に歩を進めていくのだ。
『ちょっとずつ。ちょっとずつね』
雪嗣さんは、以前から口癖みたいにそう言う。
本当にその通りだ。不器用な私たちは、手探りでどこまでも続く闇の中を進んでいく。
そして旅の終着点にたどり着いた時——
隣にいる人があなたでよかったと、そう思いたいのだ。

＊

普通の夫婦になる。

ここのところの私の目標はそれだった。

そのために必要なのは——たぶん変わるための努力。そんな気がしている。

近年、社会情勢の不安定さが影響しているのか、怪異の出現が増加していた。当然、祓い屋の出番も増えてくる。目下、信頼を回復させようと躍起になっている神崎家は、なるべく多くの案件に対応するために人手を必要としていた。

長らく現場から離れていて、ようやく車椅子生活から脱却したばかりの母は、いまだ本調子ではない。母の負担を減らすためにも、私としても手伝いを増やしたい……。

そうなってくると、ひとりで出かける機会も増えていく訳で。このままじゃ、また雪嗣さんの精神に負担が掛かってしまう。

——きちんと話し合おうって決めはしたけれど。

それでもまだ不安な私は、なにか対策を取らねばならないと考えていた。

——ううん。対策とは少し違う。まずは雪嗣さんになにをしてあげたいか、だ。

私だって会えないのは寂しい。出動が増えているのは雪嗣さんだって同じなのだ。

怪異の討伐現場で魅力的な人と出会ったら……なんて思わなくもない。だって祓い屋はだいたいが美人揃い。自分に自信を持っている人が多い。しかも、雪嗣さんはあんなにも魅力的だ。誰が言い寄ってきたっておかしくない。なにかの拍子に彼の心が離れてしまったらと思うと、いても立ってもいられない。

なら、どうするべきか？

少しずつ自分を変えていく。たぶんそれが今できること。

新しいことに挑戦してみよう……！

――雪嗣さんや他の人に、私の存在をアピールするためにも……。そうだ！

考えついたのは料理だった。如何(いか)にもベタな発想である。でも、好きな人に手作りの料理を食べてほしい。そう思うのは自然だろうと思う。

頼ったのは、神崎家専属のシェフだ。私が幼い頃から働いてくれていたベテランで、彼の作るフルーツタルトは幼少期からの好物である。

「お嬢様が料理……ですか」

「うん。お、お仕事の合間に食べられるように、お弁当なんてどうかなって」

思いつきを相談すると、老齢のシェフはひどく難しい顔をしていた。

「どうしたの？」

万人とまでは言わないまでも、料理は多くの人がこなしている家事だ。

私にもできるはずと甘い考えでいたのだが……。

「いえ。雛乃お嬢様は生粋(きっすい)のご令嬢ですからね……」

「な、なにか問題が？」

「お嬢様、ブロッコリーはどこに生えているかご存じですか」

「も、森……かな！　木の赤ちゃんなんだよね？」

「ゆで卵の作り方は」

「レンジでチン！」

「はい。よくわかりました。おにぎりにしましょう！　お米を炊くのは龍ヶ峯家別宅に勤めているシェフにお願いしてくださいね」

自分的には卵焼きや唐揚げをイメージしていたのに、とんだ拍子抜けだった。

「おにぎりってお米を握るだけのアレ……？」

不満を露わにした私に、シェフはどこか悪戯っぽく笑っていた。

「けっこう奥深いんですよ」

「サンドイッチとかの方が、お、おしゃれじゃないかなあ……」

「アレはバランス感覚が問われるんです。食材を生ゴミにしたいんですか？」

「ゴミ!?　や、止めとく。地球に優しくないしね……」

「でしょう。ともかく、試しに作ってみましょう。味見をお願いできますか？」

その時、彼が振る舞ってくれた明太子おにぎりの美味しさたるや……！

ほどよく硬く炊かれたお米は、空気を含んでほろっほろ。焼き海苔の香ばしさ！　真ん中に鎮座（ちんざ）した、紅色の明太子のほのかな辛みとうまみのマリアージュ……。暴力的なほどに美味しい！　おにぎりで感動することってあるんだ。盲点である。

思えば、私も雪嗣さんも異能のせいで食べ物には苦労してきた。

こんな美味しいものを私が作れたら……雪嗣さんも喜んでくれるはず。

「わ、私これを作れるようになりたいです！」

思わず挙手をすると、シェフは目尻に皺をたっぷり寄せて腕まくりをした。

「お任せください。お嬢様を世界一のおにぎり職人にしてみせますよ！」

こうして私は、シェフの下で美味しいおにぎりを作る修業を重ねた。思いのほか苦労もしたけれど、なかなか上手にできるようになったと思う。お土産にフルーツタルトもたくさん貰った。マスカットのタルト、すごく美味しかった！

そんなこんなで準備を万端整えた私は、いざお弁当を作ろうとしたのだが――

とある日の早朝のキッチン。穏やかに光が差し込む中、龍ヶ峯家のシェフたちが遠巻きに見守っている状況で、私はひとり首を傾げていた。

「……？」

なにやらおにぎりの様子がおかしい。

ちらりとお釜を確認すると、すっかり空になっていた。確か三合ほど炊いてもらったはずだ。なのにどうして――目の前のおにぎりはひとつだけなのか。

「育てすぎた、かも……？」

いやいやいやいや。冗談を言っている場合じゃない。

確実に失敗した。だって大きい。バレーボールくらいのサイズがあるもの！

「な、なんで……!?」

私はひとり頭を抱えていた。雪嗣さんは見た目に反して食欲旺盛だから、もうちょっと大きい方がいいかなって思っただけなのに。どうしてこんなことに……！

「雛。姿を見かけないと思ったら、こんなところにいたんだ」

出し抜けに雪嗣さんの声がして、後ろから抱きしめられた。

これはまずい。巨大なおにぎりを隠そうとしたけれど、もはや手遅れである。

「……おっきいね」

雪嗣さんは目を丸くしていた。

あああああ。私の不器用さが知られてしまった。

恥ずかしい。もう駄目だ。穴があったら入りたい。たぶん真っ赤になってしまっている。

震えながら羞恥を堪えていると、雪嗣さんはいつもと変わらない様子でこう続けた。

「僕のために作ってくれたの……!?」

あれ？　なんだか声が華やいでいる。

こんなに変なものを作ってしまったのに？　そろそろと彼の表情をのぞき見る。あんまりにも楽しげな笑みを見つけてしまって、胸がキュンとなった。

「今日のお弁当はこれだね！　お昼が楽しみだな。ああ、でもなあ……」

わずかに言い淀む彼に、今度こそ心臓が縮み上がった。『さすがに大きすぎる』『もうちょっと練習したら？』脳内の雪嗣さんが勝手にダメ出しを始めてしまって、生きた心地がしない。やっぱり作り直した方が……。絶望的な気分に浸っていると、次に彼が発した言葉はあまりにも意外なものだった。

「雛ばっかりズルい！　僕もおにぎり作ってみたいな。ねえ、まだご飯あるー？」

そう言って、使用人に追加の白米を用意するように指示を始めたではないか。

「どうやればいいの？　雛、教えてくれる？」

やる気満々で腕まくりを始めた彼に、私はひたすら圧倒されていた。

「……ぜんぜん上手じゃないです、けど。私なんかでいいんですか……？」

ふてぶてしく鎮座しているおにぎりをアピールしてみるも、彼には関係ないらしい。

「うん。教わるなら雛がいいな。僕が作ったのを雛に食べてほしい！　それで雛が喜んでくれたら、それだけで幸せだと思うから」

――私と同じ気持ちだ。

この人と結婚してよかった。そう思ってしまったのは当然じゃないだろうか。

なら、腹をくくるしかない！

「わかりました。じゃ、じゃあ。やってみますか……！」

それから、四苦八苦しながら一緒におにぎりを作った。出来上がったのは当然――

ソフトボール大のおにぎりである。

「大きいね……」

「私の作ったものよりは、小さいですけどね……」

ちらりとふたりで視線を交わす。

自然と笑みがこぼれてきて、ふたり同時に顔をくしゃくしゃにして噴き出した。

「さ、さすがにこれは雛が食べきれないかもなあ」

「ちゃんと食べます。最後まで食べますから……」

「言ったね？　僕も負けないからね！」

「これって、勝負なんです……？」

当然だが、その日の昼食はお腹パンパンになってしまった。むしろ、食べきれるとは思わなくて。好きな人の手料理って偉大だなって、ひとりで笑っちゃったな。

大笑いしたのは、この時だけじゃない。

帰宅後、ふたりして「夕飯はいらないね」って言った時も――

彼と一緒になって、涙が出ちゃうくらい笑ってしまった。

＊

ふたりの夫婦生活のために、いろいろと考えているのは私だけじゃない。

もちろん雪嗣さんもだ。

とある日の怪異討伐現場。その日は水神家との共同戦線で、静岡県にある伊豆半島の山中まで遠征してきていた。場所が場所だけに、まだ体力に不安がある母は不在だ。戦闘時の要である当主が不在ともなれば、どことなく緊張感が張り詰めていそうなものだが、現場は活気にあふれていた。水神家の祓い屋たちが手伝いに来てくれているからだ。

夕夜くんは私との約束を律儀に守ってくれていて、普通に考えればずいぶんと安価な値段で討伐協力を請け負ってくれていた。おかげで怪異の討伐数は順調に増えていて、神崎家に対する風評被害も少しずつ減ってきている。ありがたいことだ。何年かかるかはわからないが、私の手伝いが不要になる日も来るはずだ。

「雛乃！」

木立の側で村岡さんと怪異情報を共有していると、夕夜くんがやって来た。彼の姿を見つけると、ほんわかと胸が温かくなる。なにせ友だちだ。人生で初めての友だち。

――あ。でも、あんまり親しくしないようにしなくちゃ。

密かに気合いを入れていると、ツカツカと誰かが近寄ってくるのがわかった。

「ちょ、ちょっと……!?　雛乃さん、あなたなんて格好をしていますの!?」

それは紅子さんだった。派遣結界師として今日の作戦に参加してくれる予定の彼女は、なぜか夕夜くんの羽織を奪って私の肩に掛けた。訳もわからず固まっていると、顔を真っ赤にした彼女はじれったそうに地団駄を踏んでいる。

「もうっ！　もうっ！　雪嗣様への気持ちは理解できましたから。でも、もうちょっと遠慮したらどうですの。推し活でだって、そんなあからさまな格好しませんわよ！」

「……推し、活……？」

意味がわからない。どうやら私の格好が問題らしいが——

「に、似合わないですか？　今日のために雪嗣さんが仕立ててくれた、ん、ですけど」

下ろしたばかりの和装。出かける時、彼は「とても似合うよ」と褒めてくれたのに。

あれはお世辞だったのだろうか……。

しょんぼりしていると、夕夜くんが深々とため息をついたのがわかった。

「似合わないとは紅子も言っていないと思うよ。……それにしてもね。今日のためにかあ。もしかして、俺が来るって旦那さんに言った？」

「う、うん。夕夜くんが来るって言ったら、ぜったいにこれを着ていけって」

「どおりで」

なんで呆れているのだろう。首を傾げると、夕夜くんや紅子さんは「知らないで身につけていたのか」とますます呆れ顔になった。紅子さんなんて真っ青になっている。

「雪嗣様があなたにこれを？　か、解釈違いですわ……」

ブツブツと呟いては空を見上げ、「でも、こういうのも性癖としてはあり寄りのあり」なんて葛藤している。本当にどうしてしまったのだろうか。

「夕夜くん。べ、紅子さん、なにか悪い物でも食べた……？」

「いや。そういうのじゃないと思うけど。まあ、長年慕っていた男の粘着質なところを見せつけられて、現実を思い知った衝撃でバグってるんじゃないかな」

「現実……」

　雪嗣さんに幻滅したってことだろうか。あんなにも素敵な人なのに……？

「な、なんだか納得できません。どういうことか説明してもらっても？」

　思わず食い下がると、夕夜くんはやれやれと軽く肩を竦めた。

「正直、俺の口からは言いたくないんだけどね。その衣装、龍ヶ峯雪嗣の独占欲丸出しなんだよ。そうですよね、村岡さん」

「ええ。正直、自分もどうかと思っておりました」

「……え？」

　思わず動揺を露わにした私に、村岡さんは少し遠い目をしている。

「白地に銀箔の友禅に、袴の裾には雪花模様の刺繍ですからね。雪のモチーフが盛りだくさんですね。値段もさることながら、手の込みようが半端じゃありませんよ」

「どう見てもオーダーですよね？　しかも、半巾帯は白地に雪色で鱗模様だろ？」

「確か、鱗模様って厄除けや魔除けの意味があるのでしたわね。あらあら。雪嗣様ったら、なにから雛乃さんを守ろうとしてるんでしょう……」

「お前、わかって言ってるだろ……」

「おほほほほ。わたくし、こう見えて恋愛小説や漫画をよく嗜んでますの！　兄さんこそ、ちゃんとわかっているんでしょうね？　これは宣戦布告ですわよ」

「うるさいな。あの人が俺をどういう風に見ているかくらい理解してるよ。だから鱗模様の半巾帯なんだろ。自分の女の腰に尾を巻き付けるなんて、龍って感じじゃないか。というか、なんでお前が得意気なんだよ」

「好きな相手の意外すぎる一面が衝撃的すぎて、自棄になってるからですわー！　兄さんこそ、顔色が悪いですけど？　人のこと言えませんわねー！」

「本当にお前は口が減らないな。こっちだって頭が痛いんだ。ほっといてくれ……」

項垂れてしまった夕夜くんと紅子さんに、村岡さんはなんだか感慨深げだった。

「ハッハッハ。あからさまで微笑ましいです。若いですねえ」

「雪嗣様は、アンタよりも年上のはずなんですがね……」

「人生経験は時間に比例しないのですよ」

「アンタもいろいろあったんだな」

男ふたりはなにやらコソコソ話している。

——新しい衣装、いいと思うんだけどな……。

独占欲丸出しなんて大歓迎。むしろ、雪嗣さんには妥協してもらったくらいだ。本当はふたり揃いの衣装にすると言って聞かなかったのを、なんとかして回避した結果だった。

——さすがにぺ、ペアルックは恥ずかしいからね。きっと楽しいけれど。嬉しくもなるだろうけれど。まだ、心の準備ができていない。だから、リンクコーデ？　みたいなのも勘弁してほしかった。揃いの持ちものには憧れるけれど……。

そう言うと、彼はすかさず私の願いを叶えてくれたのだ。本当に雪嗣さんには敵わない。

「あれ。お前ってピアスホール開けてたっけ」

夕夜くんが首を傾げている。

「う、うん。この間、雪嗣さんがピアスを贈ってくれて。同じ石を使ったバレッタも。シーンで使い分けるといいよって……。彼もお揃いのピアスをつけてくれているの」

「ふうん。アレキサンドライトか」

「綺麗だよね。雪嗣さんの瞳に似てる」

彼の色だ。碧色を身につけていると思うと、なんだか擽ったかった。

「ピアスホールは病院で開けたのか？」

「う、ううん。彼がやってくれたの」

その時のことを思い出すと、つい頬が熱くなる。

『じっとしていてね』

吐息が触れそうなほどに近くて、動揺するなという方が無理だった。

彼の指先が耳朶に優しく触れている。痛みを和らげるために冷やしているはずなのに、なぜだか私の体は熱くなるばかりで、間近に迫った彼の顔を見ていられなくて、ただただじっと床を見つめることしかできないでいた。

最初は、医師に頼もうと思っていたのだ。

見知らぬ他人に触れられるのは嫌だったけれど、それも仕方がないのだと。

　――でも、私がよくても雪嗣さんがそれを許さなかった。

『雛に触れていいのは、僕だけなんだよ。傷をつけるならなおさら。君自身だって駄目だ。僕がいい。僕じゃないと駄目だよ。僕にして』

　彼の意思が、感情が、私へ向ける好意が、鼓膜を震わせるごとに頭がクラクラして、体に力が入らなくて、気づいた時にはなにもかもが終わっていて――

『いい子。頑張ったね』

　耳朶にわずかに感じる痛みと、甘やかされる喜びに感情がメチャクチャになった。

「雛乃、顔が真っ赤だぞ。変なこと思い出してるだろ」

「…………！　見ないで……」

　慌てて夕夜くんに背を向ける。彼の声には明らかな呆れが交じっていた。

「まったく。アレキサンドライトは光源によっては色が変わるんだっけか。ここまでやられると逆に清々しいな」

「色……？　どういう風に変わるの？」

「いや、本人に聞いてくれ。なんで俺がこんなこと説明しなくちゃならないんだ⁉」

　なにやら夕夜くんが頭を抱えている。

　不安になって村岡さんを見ると、老獪な祓い屋はどこか楽しげに目を細めていた。

「夜になれば雪嗣様が教えてくださいますよ」

「……そうなんですか？」

「ええ。きっと手ずから外してくださいますでしょうから」

「……!?」

なんだか、また恥ずかしいイベントが起きそうな予感がする。

「ちょっぴり家に帰るのが怖い、かも……」

なんとはなしにこぼすと、夕夜くんが気遣わしげな顔になった。

「大丈夫か？」

「……？　なにが？」

「なんというか。重くないのかな……と。嫌じゃないのか」

咄嗟に意味がわからなくて固まる。夕夜くんの言葉はやっぱり時に難解だ。

「嬉しいよ。とっても」

これは紛れもなく私の本音。

彼の羽織を返すと、夕夜くんは苦虫を嚙み潰したような顔になった。

「そうかよ」

なんでか機嫌を損ねてしまったようだ。

――謝った方がいいのかな。

どうしようかと戸惑っていると、大勢が近づいてくる気配がした。

「雛乃様！　ごきげんよう……！」

そこに立っていたのは、白髪交じりの髪を綺麗にまとめたご婦人。

そして、神崎家に連なる分家の人々だった。

全身に汗が滲んで、心臓が早鐘を打つ。

こくりと唾を飲み込むと、彼女たちと向かい合った。

――そうだ。雪嗣さんと本当の夫婦になるためにも、私は変わらねばならない。

＊

雪嗣さんときちんとした夫婦になるため。

乗り越えないといけないハードルはいくつもあった。

これもそのひとつだ。

秋らしい薄日が大地を照らす。さあさあと木々が鳴っていた。秋風に冬の気配が濃厚に入り交じり始めている。冷たい風に枯れ葉が辺りを舞う中、その人は相変わらず貼り付けたような笑みを浮かべていた。

「ここのところ調子がいいようですね。あなたの父親のせいで神崎家が被った泥も、少しずつ減ってきているのではないですか？　お疲れ様です」

あまりにも思いやりのない、不躾な発言だった。表面上は労っているように見えるが、内心ではこちらを侮っているのがありありとわかる。

――少し前の私なら、言葉の意味を深く考えずに受け止めていたかもしれない。

どんなに胸が痛んでも、その事実ごと呑み込んで……自分には価値がないのだからと、血を流し続けている心から目を逸らすのだ。そういう生き方は、ある意味で楽だった。誰にも反発しないということは、衝突もしないということだから。

でも、これからは流されるばかりでは駄目だ。

雪嗣さん以外の生命力はいらない。そのことをはっきりさせたかった。

「村岡さん」

女性を無視して老祓い屋に声を掛けると、彼女は明らかに不愉快そうな表情になった。鋭い視線を向けられて、どきりと心臓が鳴ったものの必死に意識を逸らす。

「水神家の方々も到着したようですし、そ、そろそろ怪異討伐を始めましょうか」

「待ってください！」

焦りを見せた女性が声を掛けてきた。手を伸ばして私の腕を掴もうとする。ぞわぞわと怖気立って、咄嗟に身を躱した。

「許可なく触れないで、ください」

拒絶を露わにすると、女性は唖然とした。

真っ赤な口紅が塗りたくられた口許が、ひくりと歪む。

「……どうされましたの？　急に強気に出て。嫌だ。やっぱり怒っているんですね？　私たちがあなたに生命力を供与しなかった件。だから、こんな意地悪をするんだわ」

自分の非を語っているというのに、まるで私だけが悪いような発言。

「ひどい。ひどいわ雛乃様。私たちも悪いと思っているの。だから、こんな馬鹿みたいな山奥までわざわざ足を延ばしているのよ。あなたに生命力を分けてあげるために！　なのにこんな仕打ち……」

相手に罪悪感を与える言葉選び。

「お母様に抗議させてもらいますね」

——ああ、気持ちが悪い。

同じ人間のはずなのに、まるで理解できない生き物。自分の正義を盲信していて、その歪みにまるで気がついていないし、気づこうともしていない。関わり合いたくない人間。その化身みたいな存在に目眩がしそうだった。

——でも。やらなくちゃ。

小さく息を吐いて、村岡さんに目配せをする。

彼はわずかにうなずいてくれた。大丈夫。この件は母にもきちんと許可を取ってある。だから、私が反撃しても誰にも迷惑はかからないはずだ。

「お好きになさってください」

はっきりと言い切った私に、女性は驚きを隠せない様子だった。

「なっ……！　あなたどうしたの。ちょっと変よ！」

「以前から思っていたんです。い、今の私はあなた方の生命力を必要としていないので」

「そんな訳がないでしょう……！」

「いいえ。夫の生命力で足りているんです。そ、その証拠に、異能封じの黒いヴェールをつけなくても外を歩けているでしょう?」

無理やり口の端を吊り上げる。

あくまで善意に対する返答に見えるように、柔らかな言葉遣いで言った。

「そもそも、私は嫁いだ人間ですから。分家の、み、みなさんの力を借りるのは筋違いなんですよ。今までありがとうございました。これからは〝こんな馬鹿みたいな山奥まで〟ご足労いただかなくても大丈夫ですから……」

「…………! や、やだわ。そんなこと言ったかしら? 私たちは来たいから来ているだけであって、別に嫌々なんかじゃないのよ? 誤解しないでほしいの」

「そうなんですか? でも私は迷惑なんです」

はっきりと宣言して顔を上げる。ようやく本題に入った。

「龍ヶ峯家との関係を匂わせて、方々から借り入れをしていると聞きました」

女性がみるみるうちに青ざめていく。脂汗を滲ませ、その視線は定まっていない。

「……と、とんだ言いがかりだわ。どこでそれを」

「夫の実家に苦情が入ったんです。優しい彼は、隠してくれていたようなんですが……。一度、あなたとの関係を見直そうと考えた時に教えてくれて。メールでのやり取りや、音声記録も残っています。証拠があるんです。間違いないと思いますよ」

「~~~~!」

　白かった女性の顔がみるみるうちに赤くなっていく。

「べっ、別にそれくらい構わないじゃない！　落ちぶれてしまった本家に資金提供をしているせいで、いろいろと苦しいんだから……!!」

「おや？　そうなんですか？」

　口を挟んだのは村岡さんだ。薄い色の瞳を細めた彼は、胡乱げに女性を見つめた。

「ひとつ聞きたいのですが。資金提供とはなんのことでしょう」

「はっ……!?　え、えっとそれは」

「あなたは雛乃様に、自分たちが本家に金を出しているのだと説明していたのですか？」

　内心、私は驚いていた。困窮している本家を立て直すために資金援助している。当主である母も喜んでくれている。女性からそう説明されていたからだ。

「違うんですか……？」

　そろそろと訊ねると、村岡さんはひどく渋い顔をしていた。

「だから、あんなにも辛そうなのに生命力を受け取っていたのですね。我々のために」

　呆れたように女性を睨みつける。そして真実を口にした。

「資金援助などという事実はありませんよ。違約金の支払いならしていただいてますが」

「違約金……？」

「ええ。神崎家の分家は、本家の人間に生命力を供与する代わりに、様々な恩恵を受けています。所属している祓い屋の優先的貸与や、事業への貸し付け、神崎家との関わり合いがある政治家への仲介など。通常、生命力の供与は体に負担がかかります。長い歴史の中で、互いに損をしないようにと定められた取り決めだったのですが……」

「お父様の件、ですか」

「はい。こちらの方々は恩恵だけを受けて義務を果たさなかった。だから、違約金の支払いを求められている。この方があちこちに借金の無心をしているのはそのせいです」

私への説明は、なにもかもが嘘だったのだ。

信じられない気持ちでいると、女性がふいに真顔になった。

「それがなんだってんのよ」

居直ったような顔で立ち尽くす。

光が失せた瞳のほの暗さに、恐怖を覚えた。

「分家の人間はいつだって本家の人間に搾取されてきた！　少しくらいは美味しい思いをしたっていいじゃない。特別な異能を持っているからって優遇されるのがおかしいのよ。私たちだって神崎家の一員なの。なのに、いつだって脚光を浴びるのは本家だけ……！」

「あなたも如月早苗と同じ考えだと？」

「そうよ！　あの人は私たちの気持ちを代弁してくれたのよ……！」

如月早苗は、凜々花の母。かつて父の愛人だった人だ。

彼女も神崎家の分家出身だった。あの人も、本家ばかりが優遇されることに不満を持ち、鬱憤を晴らすために母から父を奪ったという。

女性も同じ考えだと知ると、ますます恐怖が募った。かつて私から多くのものを奪った人の面影が被って体が震える。理解ができなかった。どうして自分勝手な理由で誰かを傷つけて、平然としていられるのだろう。

「そうなのか。じゃあ、これからは安心してくれていいよ。二度と搾取されないから」

出し抜けに声がして振り返る。そこに見知った姿を見つけて目を瞬いた。

「お、お母様……？」

「やあ！」

まだまだ体力的に難しいからと、留守番しているはずの母の姿があった。どうやら無理やりついてきたらしい。「車の中にいてくださいとお願いしたでしょう」と、村岡さんは頭を抱えている。

「大事な娘が頑張る予定って聞いたからさ。駆けつけない訳がないでしょ」

飄々と笑った母は、女性に視線を向けた。びくりと身を竦めた女性をよそに、柔らかい笑みを湛えたまま目を細めている。

「辛かったね。いっぱい悩んだんでしょう」

「……！　そ、そうなんです。搾取されるだけの生活が苦しくて」

「うんうん。大変だったね。気づかなくてごめんね」

「まあああ……！　さすが本家のご当主様！　誰かさんとは器が違いますわね……！」

感激の声を上げてはしゃぐ女性とは対照的に、母はみるみる表情をなくしていった。

「なにそれ。うちの娘が狭量だって言いたいのかな？」

「えっ」

「さっきから聞いてるとさ。失言が多いよね。脳みそ、ちゃんと入ってる？　ねえ、村岡。こんなのが代表面してて大丈夫なの？　うちの分家」

「自分にはわかりかねます。ただ、神崎家の血が薄まっている感は否めないですね」

「だよねえ。遠い昔に血を分けたってだけの関係だもんね。なのにこの態度だよ。私の可愛い娘を懲りもせずに虐めてさあ。何様のつもりなのかな」

真顔になった母は、どんどんと女性に近づいていった。

あまりの迫力に女性が後ずさる。仕舞いには石に蹴躓いて尻餅をついてしまった。

「それで、だ。雛乃はどうすればいいと思う？」

「……は、はい……？」

「ほら、神崎家の評判ってガタ落ちでしょ～？　いい機会だからさ。いろいろと整理しようと思ってて。あ、別に分家すべてを切り捨てようって話じゃないよ。祓い屋だもの。一緒に戦ってくれる仲間は多い方がいい。だけどさ」

にんまりと悪い笑みを母が浮かべる。

「寄生するだけの虫や、足を引っ張るだけの存在は駆除しておくべきだよね。私の夫を誑かした女もね、クズみたいな家出身だったの。もううちとは関係ない家なんだけどね」

凄絶な考えをさらりと述べた母は、ガクガクと震え出した女性を横目に見つつ、なにやら楽しげな様子で私に訊ねた。

「嫁いだとはいえ、雛乃だって神崎家の血筋だ。意見を聞かせてほしい」

「はい」

「この人たち、どうしよっか？」

悪戯っぽく笑う母。真っ青な顔で私を見つめてくる女性。

答えは明らかだった。手心を加えてやる義理はない。

「家の将来を考えるなら、必要ないと思います」

「あ、ああああああああっ……！　雛乃様、そんな……!!」

女性の嘆く声が山中に響いていく。誰かの人生を変える決断をした事実に動けなくなっていると、母が背中から抱きしめてくれた。

「雛乃、とっても頑張った！」

母の温もりに、徐々に視界が滲んでいく。

自分自身の目標に向けて、ひとつのハードルを乗り越えられた瞬間だった。

＊

静岡での怪異退治を終えた後、私は家路を急いでいた。辺りはすでにとっぷりと暮れている。龍ヶ峯家の別宅に到着した頃には、もう日付が変わりそうなほどだった。

頭の中は雪嗣さんのことでいっぱいだ。

「奥様、お帰りなさいませ」

「ただいま！」

別宅の使用人たちにおざなりに挨拶を返して、彼の私室を目指してひた走る。〝吸命〟発動防止のために着用した黒いヴェールが邪魔だった。前がよく見えない。一分一秒でも早く彼に会いたいのに。ヴェールさえなければもっと速く走れるのに……！

今日の出来事を雪嗣さんに報告したかった。正直、母や村岡さんに頼り切りだった気もする。小さな反撃をしたら、後ろから思いがけない援護を受けて、あっという間に撃破してしまったような。でも……。

──それでも、無理やり生命力を押しつけられなかった。

小さな一歩だ。ほんの小さな一歩。

だけど、自分の意思を貫けた事実が嬉しくてたまらない。

「雪嗣さん！」

ノックもそこそこに雪嗣さんの私室に入ると、彼は本を片手にソファでリラックスしていたようだった。オフホワイトのニットカーディガンがよく似合っている。

「雛？」驚いた顔をした彼の許に駆け寄って──抱きつく。

「あの。嗅いでみてください……！」

「え」

「た、たぶん他人の臭いはしない、はずで」

　こみ上げてくる羞恥心に必死に耐えて、ぎゅうっと目を瞑る。

「今日は実家のお仕事でしたけど、私の中にあるのは雪嗣さんのだけなので」

　黒いヴェールが頬に触れて、なんだか気恥ずかしさが増した。

　明らかに言葉が足りない、ちぐはぐな説明。だけど、精一杯の言葉だった。

「えっと……」

　戸惑いながらも、雪嗣さんは私の言う通りにしてくれた。

　空気が動いた気がする。ヴェールが擦れる音。瞼に透ける光の色が変わる。彼の存在を近くに感じて、胸の鼓動が徐々に速くなっていく。

「ん……」

　彼の吐息を喉元に感じた。

　わずかに身じろぎをすると、雪嗣さんが私の肩に顔を埋めたのがわかった。

「……ふ、ふふふ……」

　彼が笑うと振動が伝わってくる。

　ゆっくりと顔を上げた雪嗣さんは、とろとろに溶けたような顔で言った。

「僕のために頑張ってくれたの」

　ふわりと嗅ぎ慣れない匂いがした。お酒？　ほんのり頬が赤い。酔っているのかもしれない。彼は子どもみたいにはにかむと私の額に唇を落とした。

「ありがと」

そのまま、啄むようなキスを顔中に落としてくる。

「かわいー……」

「あ、わ、えっ……」

触れられた場所が熱を帯びてくる。気がつけば顔中が熱くて仕方がなかった。嬉しい。嬉しいけれど、あんまりにも恥ずかしい。

「んん、雪嗣さ……」

少しくらい手加減してほしい。胸板をそっと押して主張してみたものの、そのまま唇を貪られてしまった。

呼吸の仕方を一瞬忘れて動転する。だけど、あまりの心地よさにすぐに慣れた。愛されている実感。私のことが好きなの？　私も。私も大好き。彼との隙間を埋めたくて手を伸ばす。そっと触れた背中がすごく逞しくて、ますます口づけに夢中になっていった。

私、頑張ったよ。

頑張ったから。これからも側にいてもいいよね……？

奥さんでいられるよね？

私の願いも気持ちも。言葉にする前に、絶え間ないキスの合間に紛れてしまった。

少しずつ。少しずつ。

普通の夫婦ならばとっくに通り過ぎているだろう段階を、ゆっくり進んでいく。

「――僕も頑張らなくちゃね」

息継ぎの間に彼がこぼした声も、彼から与えられる熱も。

すべてが混じり合うような夜に酔いしれていた。

窓の外では白いものがちらつき始めている。

都内で初雪が観測されたとニュースになったのは、翌朝のことだ。

第五話　死神姫は色を失った世界で

あんなに鮮やかだった世界が、白銀に染め変えられていく。

乾いた風は平等に地上を舐めていった。色鮮やかに着飾っていた木々は、寒々しい装いに着替え終えている。雪国でもない都心は、すぐに雪の白さを失って、ただただ色あせた姿を衆目に晒すだけ。窓に縁取られた外の景色はモノクロームみたいだ。いつの間にか姿を消した色に、心まで渇いていくよう。冬の厳しさは、色彩というものがどれほど気持ちを華やがせてくれて、どれだけ心を軽くしてくれるかを思い知らせてくる。

町ゆく人々の表情が険しいのは、きっと北風の冷たさのせい。

クラクションの音や、誰かの舌打ちが耳につくのも。

悪いニュースがやたら目につくのも。

たぶん冬のせいだ。


順調に関係を進められていると思えていた私たちの夫婦生活だが、ここに来て少しずつ陰りが見え始めていた。

雪嗣さんの体調が思わしくない。

少し前まで、それなりに怪異退治なんかにも参加していた彼だが、ここのところ私室に籠もることが多くなった。本人いわく病気ではないらしい。精神的なものなのだろうか。実際、ずいぶんお酒を飲んでいるようだ。私の〝吸命〟で停まっていた時を動かしている影響かとも考えたが、そうではないと言う。

「大丈夫だよ。自分でなんとかするから……」

私に心配かけまいと、弱々しく笑う姿が痛々しくてならない。

「側にいますからね」

必要とされていないのかもしれない。余計なお世話かも。

そう思いながらも、会うたびに彼を優しく抱きしめた。

今日も今日とて私の中には彼の生命力が満ちているのに。傷つけられて歪んでしまった心は、彼の愛情のおかげでやっと形を保てているというのに、私はなにも返せないのだろうか。側にいることしかできない？　それがもどかしくて。悔しくて。

「私にできることはありませんか……？」

何度も何度も問いかけるも、雪嗣さんは優しく微笑むだけだった。

「ありがとう」

聞き慣れたお礼の言葉は、どこか空虚な響きを持っていて。

額に落ちた唇はどこかカサついていた。

「少しひとりにしてくれれば、それで問題ないからね」

ゆっくり閉じた扉が、彼の心を表しているようだった。

——きちんと話し合おうって決めたのに。意思疎通は大事じゃなかったの……？

冷えた廊下に響いた音は、残酷に私の心を抉って、そのままどこかへ消えていった。

＊

「不甲斐ない……」

「なにが？」

その日、私はひとりで神崎家に宛がわれた怪異退治の現場にやって来ていた。

冬は〝穢れ〟の発生が増える時季だ。気温の低下に伴い、人々の精神が不安定になるためである。そのせいか怪異の出現頻度も上がる。自然と私の出動も多くなった。

落ち目の神崎家にとっては、実績を積み重ねる好機でもある。とはいえ、あまりにも頻回で少し辟易(へきえき)としていた。神崎家だけでは手が回らず、ここのところは水神家との共同戦線が増えている。今日も、小型怪異が多数出現した現場を片付けたところだ。

「相変わらず圧倒的だったけどなあ」

私のぼやきが聞こえてしまったのか、夕夜くんは苦笑混じりに笑っている。

指先で自分の頬を指さす。「血がついてるぞ」。彼が浮かべたのは、少年っぽい悪戯顔だった。慌てて頬を拭う。恥ずかしい。ヴェールを被っていたから気づかなかった。なにがおかしいのか、夕夜くんは楽しげに笑っている。

「違うの。私生活のことで、ちょっと悩んでただけ」

こんな時に、大好きな人の力になれない無力さに打ちひしがれていただけだ。

少しむくれて答えれば、彼は「ふうん」と片眉を上げた。

「雪嗣様と上手くいってないんだ？」

「……！　そ、そんなことない！」

「そういう風には見えないけどなあ」

「だから違うんだもん……」

子どもっぽく口を尖らせながらも、心の中の不安は拭えないでいる。

――雪嗣さん、大丈夫なのかな。本当に私はなにもしなくてもいいの？

体調不良が顕著になってから、そこそこの時間が経っているというのに、雪嗣さんはいまだ事情を明かしてくれていない。私には話す必要がないと考えているのだろう。青白い顔で微笑む彼を、見守ることしかできないでいる。

ひどくもどかしかった。肝心な部分に触れさせてもらえない。それは果たして夫婦のあり方として正しいのだろうか。どうして私に話してくれないの。私じゃ力になれないの。自分の無力さを思い知らされるようでひどく苦しい。

泥濘の底に沈んで、水面から注ぐ太陽の光に手を伸ばす日々から、ようやく解放されたと思ったのに。いまだ大切なものは摑めていない。相変わらず私の手は空を切っていて、暗闇の中であなたの輪郭をなぞることすら許されていない。

「──俺だったら。俺がお前の夫だったなら。そんな悲しい顔をさせないのに」

はっとして顔を上げると、金色の瞳が視界に飛び込んできた。切れ長の瞳が切なげに揺れている。わずかに寄せられた眉が彼の苦悩を表しているようだ。

「……どういうこと？」

まっすぐに見つめ返して訊ねるも、ふいっと顔を逸らされてしまった。

なぜ？　私の夫は雪嗣さんで、夕夜くんではないし、夕夜くんにはなり得ない。

そんなこと、私たちにはわかりきっているはずなのに。

「あら！　龍ヶ峯雛乃、事後処理は終わりましたの？」

妙にご機嫌な声がして振り返ると、そこには自信満々の笑顔があった。

「今日の怪異討伐は完璧でしたわね。わたくしがいましたから、当然ですけれども！」

高笑いを続ける紅子さんに、なんだかしかめっ面になってしまった。

──実際、戦いやすくはあったけどね……。

紅子さんは結界師として優秀だった。界隈では有名らしく、龍ヶ峯家が関係する現場以外にも請われて出動することも多いようだ。今回の怪異は小型ですばしっこく、戦場を上手く限定できないと、討伐に時間がかかることが容易に想像できた。だからこそ、優秀な結界師が必要で。それならばと、夕夜くんが妹の紅子さんを連れてきてくれたのだ。

助かったのは事実。だけど──

「やはりわたくしのような優秀な人間の方が、雪嗣様の配偶者として相応しいんじゃないかしら。死神の鎌を振るうことしか能がないあなたよりは！」

　彼女はまるで私に容赦がない。ひとつひとつの言葉の棘が、今は痛すぎた。少し前までなら流せていたようなものも無視できない。それだけ気持ちが沈んでいた。自信を失っていた。袋小路に閉じ込められたみたいだ。どうしようもない。

「……なんなんですの。その顔」

　なにも反論しないでいると、さすがに気まずかったのか、紅子さんの表情が曇った。

「わたくしが悪いみたいじゃないの。なにかおっしゃったらどうなの。自分の方が雪嗣様に相応しいとかなんとか。その方が張り合いがあっていいのに。まったくもう……」

　ブツブツ呟いていたかと思うと、兄である夕夜くんの袖を摑む。

「なにか悩みがあるのなら、この愚兄に相談すればいいんですのよ！」

　あまりにも突拍子もない。夕夜くんも「なんでだよ」と呆れ気味である。

「だ、だって！　張り合いのないライバルなんて面白くありませんもの。それに、上手いこと夕夜兄さんに絆（ほだ）されてくれたらラッキーですし！」

「お前なあ……」

「兄さんも兄さんですわ。いつまで友人ポジションに甘んじてらっしゃるの？　昔から、結婚するなら神崎雛乃にするって言っていた癖——ぎゃっ。痛い。なにするんですの！」

「黙れ。マジで黙れ。そんで帰れ」

　夕夜くんが紅子さんの背中を押して追いやる。

「もうっ！　兄さんったら勝手なんだから！」

賑やかだった紅子さんがいなくなると、私たちの間に奇妙な沈黙が落ちた。

――夕夜くんが、私を……？

気がつけば曇天から雪がちらつき始めている。白く煙る息に意識が囚われていると、夕夜くんが小さく息を吐いたのがわかった。

「なあ、雛乃」

おもむろにベンチを指さす。

「ちょっと話そうか」

彼の提案に、私はうなずきを返した。

*

「飲み物買ってくる。なにがいい？　なにが好き？」

「好き……はないかな。少し前まで、まともな食事はほとんどできなかったから。自分の好みがよくわからなくて。今も、ヴェールをつけなきゃいけないような時は、生ものを食べたり、フレッシュジュースを飲んだりはできないんだよ」

「なんだそれ。あー……じゃあ、俺のおすすめにするか。温かいので。紅子がやたら気に入ってたミルクティーがある。カフェインは平気な人？」

「うん、大丈夫だよ。それでお願い」

　ベンチに腰掛けて、少しずつ遠くなっていく夕夜くんの背中を見つめる。

　怪異退治が終わった現場は、いまだ喧噪に包まれていた。あちこちで怪異の死体処理が行われている。どこか落ち着かない気持ちでいると、ふいに頬に温かいものが触れた。

「お待たせ。これでも飲んでおきな」

「わっ……。あ、ありがとう」

「奢りだから。遠慮すんなよ」

「なんでちょっと偉そうなのかな……」

　クスクス笑いながら飲み物を受け取る。冷え切った指先にミルクティーの温もりが染みた。ペットボトルの中でゆらゆら揺蕩うそれは、どこか優しい色をしている。

「……ね、まともな食事ができなかったってマジなの？」

　真面目な顔で問われて、思わず口許が緩んだ。

「うん。〝吸命〟をコントロールできるまでは、口に入れたものがぜんぶ干からびちゃってたの。だからずっと、サプリとか栄養補助食品で凌いでた」

「なんだそれ。俺、知らなかったんだけど」

「言う必要を感じてなかったし……」

「まあ。友だちってほどの関係でもなかったからな」

　いつも通りに同意しようとして、思わず言葉を呑み込んだ。

夕夜くんの表情の真剣さに驚いたからだ。金色の瞳。縦長の瞳孔がきゅうっと縮む。それが彼の不機嫌さと苛立ちを表しているようで、なんだか少し恐ろしい。

「……打ち明けていれば、よかった？」

「どうだろうな」

返ってきたのはぶっきらぼうな声。

「どっちにしろ、俺にお前のヴェールを外す手立てはなかった」

夕夜くんは指先でヴェールの端に触れると、ひどく苦々しい顔になった。

「異能をコントロールできるようになったきっかけが、雪嗣様なんだっけ？」

「……うん。私が普通に生きられる方法を、彼が見つけてくれたの」

「恩を感じてるんだ」

「うん」

「雪嗣様の異能とも、〝吸命〟が深い関わりがあるんだっけ？」

「よく知ってるね？　あまり知られていないはずなのに……」

「これでも分家だからな。一族の総会で現当主が説明しているのを聞いた。対立していた神崎家の娘を、わざわざ嫁にする理由がちゃんとあるんだって」

私と雪嗣さんの婚姻時、方々から反発があったらしいことは聞いている。

敵同然だった家が結びつくのだ。いろいろと根回しが必要だったのだろう。

――今度、吟爾さんにお礼を言わなくちゃな。

手の中でミルクティーを弄びながら考え込んでいると、ヴェールを軽く引っ張られる感覚がした。顔を上げると、どこか気遣わしげな夕夜くんの顔が間近にあった。

「だから好きなの？」

「……え？」

「自分を救ってくれたから、自分がいないと相手が苦しいから。だから好きなの？」

一瞬、理解が追いつかなくて思考が停止した。

ぱちり。何度か瞬きを繰り返した後、じっと彼の顔を見つめる。

「好きなことに理由なんているの？」

まっすぐ放たれた私の言葉は、夕夜くんの表情を変えた。

「俺が知るかよ」

なんだか不貞腐(ふてくさ)れたような顔だった。ブラック珈琲(コーヒー)を一気飲みして、小さく息を漏らす。

どこか迷いを拭えない様子のまま、彼は苦しげに眉根を寄せた。

「……俺だって、どうしてお前がいいと思ったのかなんて。わからないし」

どきりと心臓が跳ねた。

夕夜くんはなにか言いたげに私を見つめている。北風のせいで色あせてしまった景色の中で、彼の金色の瞳だけが映えて見えた。世界が忘れてしまった陽だまりみたいな色だ。温かくて、触れたら心地が良さそうな。

「龍ヶ峯の分家の俺がさ、神崎家の娘を娶るなんて現実的じゃないけど。でも、これからの長い人生、一緒に過ごすならお前がいいって本気で思ってた」

　私たちの間を、冬に似つかわしくない柔らかな風が吹き抜けていった。

　上手く言葉を受け止められなくて、思わず視線を彷徨わせる。どういう反応が正解なのか、変な顔になってしまっていないか。そればかりが気になって仕方がない。

「……ま。グズグズしてるうちに、雪嗣様に取られちゃったけどな！」

　勢いよく立ち上がると、夕夜くんは空き缶を大きく振りかぶった。ゴミ箱に見事なシュートを決めると、私を見ないままこう続けた。

「俺は、好きだった人に〝結婚おめでとう〟も言えないような男でさ。だからこそ、雛乃が苦しそうな顔をしてるのが許せない訳」

　ゆっくりと夕夜くんが振り返る。

「紅子じゃないけど。辛かったら俺に相談しろよ。雛乃には幸せでいてほしいんだ」

　冬らしい薄日が彼の笑顔を優しく照らしていた。


　すべての事後処理が終わった頃には、辺りは闇に包まれていた。家まで送ってくれた運転手さんにお礼を言って車を降りると、玄関ポーチに誰かが立っているのがわかった。

　黒髪をきっちり撫でつけ、黒いスーツに黒縁眼鏡をかけている男性だ。生真面目そうな印象の人。隣には、どこか陰鬱そうな表情をした女性が寄り添っていた。祓い屋には見えない。営業かなにかだろうか。不思議に思っていると、その人が私を視界に捉えた。

「……！　もしかして、龍ヶ峯雛乃さんですか？」

表情を輝かせると足早に近づいてくる。すかさず懐から名刺を取り出した彼は「自分はこういう者です！」と笑顔になった。

「異能解放学会……？　の、吉永久文さん、ですか」

聞き慣れない名前に首を傾げていると、吉永さんは意外そうな顔になった。

「おや。自分のことをご存じない？　私の知名度もまだまだですねえ。メディアの露出がかなり増えてきたおかげで、有名人の仲間入りを果たしたと自負していたのですが。それも、我々にとって非常に重要な人物である雛乃さんに知られていないなんて残念です」

「……も、申し訳ありません。普段からメディアはあまり……」

「そうですか。そうですか。ならば、これから知っていっていただけたらと思います！」

黒縁眼鏡を持ち上げた吉永さんは、どこかよそ行きの笑みを貼り付けて言った。

「当学会は、あなたのような人間を救うためにあるのですから」

「……え？」

きょとんとしていると、玄関扉が開いた。

「雛」

姿を現したのは雪嗣さんだ。彼は焦った様子で私を背中に庇った。

「なんのつもりだ。彼女とは接触しない約束だったろう」

ひどく強ばった声。聞き慣れない調子に呆気に取られていると、吉永さんはまるで悪びれる様子もなく「偶然、出会ったのですよ」と笑顔になった。

「これは事故みたいなものです。いや、運命と言い換えるべきか――」

どこまでも飄々としている。吉永さんは私の顔をのぞき込んで言った。

「今後ともご贔屓に。きっと長いお付き合いになるはずですから」

「やめろ」

「おっと……。さすがに不躾すぎましたか？」

楽しげに肩を揺らした吉永さんは、「では、邪魔者は退散します」と去っていった。

嵐のような人だった。一緒にいた女性が一言も発していないのも不可解だ。ひとり目を白黒させていると、ふいに雪嗣さんが私に向き直った。

とくりと心臓が鳴る。あまりにも彼が憔悴していたからだ。顔色が悪い。割れた唇からは血が滲んでいた。いつもはきちんと着こなしている着物も乱れている。

「あ……」

どうしたの。そう訊ねたかったけれど、口を閉ざした。また大丈夫だと虚勢を張られるだけだ。どうせ、君には心配させたくないからと気遣われるだけだ。それが嫌で、苦しくて。……恐ろしくて。私は想いを口にするのを諦めた。

――こんなにも、好きな人が苦しそうなのに。

私は蚊帳の外に置かれている。自分の無力さに吐き気がした。それでも彼に触れたくて、自分の価値を確かめたくて、そろそろと手を伸ばす。拒絶しないでほしい。祈るような気持ちでいると、手首を摑まれてしまった。

「雛」

なにかを確かめるように、雪嗣さんが私の手のひらに頰ずりしている。

その柔らかさに救われるような気持ちでいると、ふいに彼と視線が交わった。

あまりにも鋭い眼差しに、息が詰まる。

温度の欠片もない。冷え切ったそれに体が縮み上がった。

「さっきの男とは、なにを話していたの」

「……え？」

「吉永だよ。眼鏡の男」

「あ、挨拶をされた、だけ、です」

「ふうん」

「きゃっ……」

手首を強引に引き寄せられる。倒れそうになったところを、雪嗣さんに腰を抱きかかえられた。あまりにも近い距離にドキドキしていると、首筋に彼の吐息がかかる。

「神崎家の現場だったけど、今日もちゃんとできたみたいだね。雛の中にあるのは、僕の生命力だけ」

「は、はい……」

「でも、あの男もいたんでしょ？」

「男……夕夜、くん、ですか？」

「うん。身の程知らずにも、君に馴れ馴れしく接してくる男だ」

あまりにも険のある声色に、胸の奥がじりじりと焼け付くような気持ちでいた。雪嗣さんが私に執着していることは理解していたが、なんだか今日は様子が違う。ひとつ対応を間違えば怒髪天(どはつてん)を衝(つ)きかねない。そんな予感すらしていた。

「……ゆ、夕夜くんもいました」

「なにか話したの？」

「妹の紅子さんも一緒だった、ので。その話を少し」

「他には？」

「ちょっと雑談を……」

「そっか、仲がいいんだね」

――ああ、黙っていればよかった。

彼の手に力が籠もるのがわかって、背中に冷たい汗が伝う。私の気持ちはあなただけに向かっているのに。他の人間なんて私の心に入り込む隙はないのに。その事実を伝えたくて口を開こうとしたが、彼の指が私の唇に触れたので、動けなくなってしまった。

「……雛が悪く思う必要はないよ。僕の心が狭いだけだから」

指先でやわやわと唇を弄ばれる。どこか危うい表情で雪嗣さんは続けた。

「雛が僕のことだけを想ってくれていることも、ちゃんとわかってる。君が嘘を吐かない性格なのも。雛は考えてる内容が表情に透けるからね。わかりやすい。僕が大好きなんでしょ。僕もだよ。僕も君が好き。僕たちの出会いは運命だからね」

そんなにわかりやすいだろうか。羞恥で頬が熱い。私も好き。好きです。そう口にできたらいいのに、臆病な私は頭の中で彼の告白に応えることしかできないでいた。

——案外、怒っていないのかもしれない。

胸をなで下ろしていると、出し抜けに地を這うような声が鼓膜を揺らした。

「……でもね、あの男だけはいけない。蛇は姑息なものだろう？」

はっとして顔を上げる。間近に迫った碧色の瞳がいつもと違う気がして、ひどく心が揺れた。そのせいか咄嗟に身を引こうとしてしまった。だけど、腰を抱えられているから動けない。ますます身を固くした私に、雪嗣さんが目を眇めている。

「——アイツになにか言われなかった？」

『これからの長い人生、一緒に過ごすならお前がいいって本気で思ってた』

瞬間、夕夜くんの言葉が脳裏を掠めて——

雪嗣さんは、私がかすかに浮かべた動揺を見逃さなかった。

「本当に腹立たしい奴だ。僕のものに手を出すなんて」

「あ、ゆき、つ……」

彼の顔が近づいてくる。

怒らせてしまっただろうか。誤解されてしまっただろうか。そんなの嫌だ。

泣きたい気持ちになっていると、私の首元に顔を埋めた彼がこう言った。

「いっそ、どこかへ閉じ込めてしまいたい」

――それは、あまりにも私に都合のいい言葉。

心臓が激しく鳴っている。思いがけず与えられた言葉の意味をゆっくり噛みしめていると、ふいに首元に鈍い痛みを感じて、顔を顰(しか)めた。

なんで？　どうして？

雪嗣さんが私の首を噛んでいるの。

「雛……」

肌に触れた息がやたら熱かった。じりじりと感じる痛み。頭の中はひどく混沌としていて、なにをされているのか理解が追いつかない。ただ――

彼の歯が、私の体に食い込んでいることだけはわかって。

雪嗣さんが。あの優しい雪嗣さんが、私を傷つけようとしている。

その事実が、どんな責め苦よりも辛く感じた。

「痛い……」

気がつけば大粒の涙がこぼれている。

きっと私がなにかしくじったのだ。彼からすれば、ぜったいに許せない罪を犯してしまった。だからこんなことをされている。これは、私に対する罰だ。

「ごめんなさい。雪嗣さん、ごめん、なさ……」

思わず謝罪が口を衝いて出ていた。

どうか許してほしい。

私のなにが悪かったの？　教えてください。どうか。どうか――

「……ッ!?」

瞬間、雪嗣さんが私から距離を取った。

夢から覚めたような顔。碧色の瞳がひどく揺れている。

しばらく視線を泳がせていた雪嗣さんは、私の首元に視線を止めた。瞠目すると、迷子みたいにくしゃりと顔を歪める。

「ちが、違うんだ」

「ごめん」とだけ告げて、そのまま背を向けて邸に戻っていく。取り残された私は、呆然と彼が姿を消した先を見つめるしかない。詰めていた息を吐き出すと、ヘナヘナとその場に座り込んでしまった。

「痛っ……」

首元に手をやると、わずかに血が滲んでいる。彼につけられた傷と、痛みと、頬を撫でていく北風の冷たさが、ますます思考をメチャクチャにしていって。

「雪嗣さん」

ただただ置いていかれたという事実が、私の心を鑢（やすり）のように削っていった。

＊

その日から、私たちの関係はぎこちなくなってしまった。

それまで毎日顔を合わせていたのに。お互いのために生命力をやり取りするのが習慣になっていたのに、その機会すらもなくなってしまった。

ううん。むしろ避けられている。

徹底的に私と顔を合わせないようにしているとしか思えない。

「雛乃様、おはようございます」

彼と喧嘩……のようなものをした次の日から、私の部屋に龍ヶ峯家に属する祓い屋が訪れるようになった。

しかも、決まって女性だけ。彼女らは私に生命力を与えに来たのだという。

「これも務めのうちです。どうか遠慮なく」

彼女たちに私に対する恐れの色は見えなかったが、それでも〝吸命〟を使う気になどなれないでいた。雪嗣さんだったから、彼のためになると思っていたから、私は気兼ねなく〝吸命〟を発動させていたのだ。誰でもいいという訳ではない。むしろ他の人間から、生命力を分けてもらう行為は……母の事件を思い出すから恐ろしくもあった。

――雪嗣さんなら、理解してくれていると思っていた。たぶんそれは間違ってない。

それでもなお、彼女らを派遣してくるということは、のっぴきならない事情があるのだろう。彼は今どういう状況にあるのか……謎は深まるばかりだ。

――私を想っての手配なの、だろう、けど。

その気遣いを嬉しくは思えなかった。

雪嗣さん以外の生命力なんて、ほしくないもの。

私を救うのは、いつだって彼であってほしい。

「ごめんなさい。必要ありません」

その日から、私は異能封じのヴェールを再び身につけるようになった。

戦う時だって必要最低限の生命力があればいい。実家に属する人たちから、ほんの少しずつだけ分けてもらって、戦闘が終わったら再びヴェールの中に引き籠もる。夕夜くんは、そんな私を物言いたげに見つめていたけれど、彼と話をする気になれなかった。

時折、紅子さんがちょっかいを出しに来ることもあった。

「ここのところ、あまり雪嗣様と関係性がよくないようですわねえ!?　一緒にいる姿を見かけなくなったたって、雪嗣様ファンクラ……ごほん、わたくしの仲間内で話題になっておりますわよ。もしかして、わたくしの方が雪嗣様と過ごす時間が長いんじゃないですの？　こないだなんて同じ現場で――」

勢いよく話していた紅子さんだったが、私がまるで反応しないと知ると、しゅん、と肩を落としてしまった。

「なんですの。死んだような顔をして。わたくしが虐めているようではないですか」

ぐいっと、私の手の中になにかを押しつける。背を向けてこう続けた。

「略奪愛は嫌いなんですの。わたくしが正々堂々と愛の告白ができるように、しゃんとしていてもらわないと。あんまり世話を焼かせないでくださいませ」

彼女から渡されたのはコンビニスイーツだ。生クリームがたっぷり入った、一切れぶんのロールケーキ。おやつにと買ってあったのだろうか。なんでもかんでも生命力を吸収してしまう、今の私には食べられないものだが……。

「糖分は元気の素ですわよ！」

妙な捨て台詞を吐かれて唖然とする。彼女の立ち位置がわからなくて困惑したものの、根は悪くないのだなあと、なんだか納得してしまった。

黒いレースに遮られた世界は相変わらず色あせていて、私の心は簡単に動くのを止めていた。モノクロームな世界はまるで味気ない。なにをしていても、どこにいても変わらない。美味しいご飯に心躍らされた過去が遠い出来事のようで、しかしそれは思いのほか楽だった。ただ、彼のことを考えていればよかったからだ。私が苦しい時、颯爽と現れて助けてくれた癖に、自分のことに関してはなにも言ってくれない人のことだけを。

雪嗣さんと出会って、私は変われたと思う。

誰かに踏みつけにされて、耐え忍ぶだけだった頃の私はもういない。

それでも私は傷だらけで、いまだ閉じ切らない傷口からは鮮血があふれ出ている。だけど、変わろうと努力をしてきたおかげで、少しずつは強くなっているはずだ。

——だから。大丈夫。耐えられる。

たとえ、雪嗣さんとちっとも会えなくなっても。

たとえ、彼が外出する姿を窓から眺めるだけの生活になっても。

たとえ、私室を訪ねたのに居留守を使われても。

たとえ、たとえ、たとえ、たとえ——

ようやく彼から貰った手紙で『少し距離を置こう』と言われてしまっても。

耐えられるはずだ。雪嗣さんにはなにか事情があるはず。〝吸命〟を受けられていない彼も、以前のように絶食と不眠を強いられているはずで。

いつかは私を必要としてくれるはずだった。

〝はず〟。〝はず〟。〝はず〟——

ああ、私の願望ばかりだ。これが的外れでないことを願う。

この苦境に挫ける訳にはいかなかった。

だから、頰を絶え間なく流れる液体は涙なんかじゃない。

嚙み痕の痛みを自覚するたびに、泣いてなんかもいない。夜だってひとりで平気だ。冬の寒さに凍えたりなんかしないし、ずいぶんと体重が軽くなってしまったのも、たまたまそうだっただけに違いない。

彼と私は〝運命〟だ。

その事実はぜったいに変わらないし。変えられない。

たとえどんな障害が立ちはだかろうとも。

雪嗣さん自身が私を拒もうとも。

きっといつかはあるべき場所に戻る。

そのはずだから。

——そう、私は信じている。信じ続けている。

「雪嗣さんっ……」

色鮮やかな世界が恋しかった。冬は苛酷すぎる。頬を撫でる冷気も、鈍い色に覆われた空も、じっと耐え忍んでいる木々も、なにも与えてくれない。ただただ、苦しみ悶えている私を静観しているだけ。

温もりが恋しくて、春を想いながらベッドの上で丸くなる。

涙をこぼし続けている私はどこまでも無力だった。

閑話　死にたがりは真実を知ってしまった

龍ヶ峯家の代々当主が眠る墓の前で、僕はひとり佇んでいた。

凍り付くような海風が吹きすさぶこの場所にいても、〝停滞〟が発動している僕の体はびくともしない。その名の通り時が止まっているからだ。風の冷たさも、夏頃は色鮮やかだった花壇の色あせた姿も、苔むした墓石の無常さも、僕にはまるで関係がない。

自分が透明になってしまったかのような感覚が懐かしかった。なにをしても、なにを見ても変わらない。不変で停滞している僕は、この広い世界で紛れもなく孤独だった。

「雛……」

――そうだ。僕はあえて孤独な世界に舞い戻った。

大切な人を傷つけてまで、こちら側に帰ってきたのだ。

強い風に煽られて、チェスターコートの裾が翻る。風に弄ばれた枯れ葉が宙に舞う姿を視界に捉えながら、そっと耳朶に触れると、固くて冷たい感触がした。

彼女と揃いのピアス。同じものが、今この時も彼女の耳を飾っているのだろうか。

いや――もしかしたら、僕に愛想が尽きて外されてしまったかな。

そんな他愛のないことを考えるだけで、心臓が嫌な音を立てる。我ながら不甲斐ない。

けれど、これは嘘偽りのない自分の感情。彼女に嫌われるくらいなら、いっそすべてを終わらせてやりたいと考えている自分がいる。

——まったく極端すぎるな。

零か百しかないのだろうか。馬鹿らしいと思いながらも、どこか納得している自分もいた。当主の任を解かれた僕には、もう担うべき役目はない。気が遠くなるほど生きてきたこともあるし、ならば人生の終わりを意識するのは当然だった。

青年期に〝停滞〟の異能を発現してから二百年あまり。その間も、ずっと異能に苦しめられて、役目を終える時だけを楽しみに生きてきたのだ。雛のことがなければ、おそらくとうに死んでいる人間だった。奇跡的に生き延びただけの半死人。

彼女との出会いが僕を変えてくれた。透明で、純粋で、どうしようもなく僕を慕ってくれる彼女がいてくれたから、今日という日を迎えられている。

雛は僕にとって特別だった。

彼女といるだけで息ができる。紅の瞳に、柔らかく弧を描く唇の美しさに、何度見とれただろう。与えられる温もりに、気遣いにあふれた言葉に何度救われたことだろう。雛は道しるべだ。彼女がいればどんなに暗い道でも歩いていける。

できることなら、ずっと彼女と共にいたかった。側にいてその笑顔を独占していたかった。彼女の側に自分以外の他人がいるなんて耐えられない。黒い嫉妬が胸中を渦巻いて、どうにかなりそうだった。雛に近寄ってくる人間に殺意すら湧いてくる。

僕には雛が必要なんだ。彼女の隣は僕のものだ。

可能な限りずっと寄り添っていたい。一時だって離れがたい。

――そう思っていたのに。

けれど、それは叶わないことだ。僕が今の僕である限り――

いつか雛を決定的に壊してしまう。

実際に彼女を傷つけた日から、その予感は確信に変わりつつあった。

「ああ、雪嗣様。ここにいらっしゃったんですか！」

出し抜けにかけられた声に振り返ると、黒縁眼鏡に黒スーツの男と、やけに暗い表情をした女が立っていた。

吉永久文。女は吉永の助手だという。異能解放学会なんていう胡散臭い団体の会長だが、異能研究の権威でもあった。元々、名家における〝特異点〟とも呼べる強力な異能について研究していた男だ。この男の論文は何度か目を通す機会があったから、吟爾が言っていた〝異能の研究で有名な学者〟が、吉永だと知った時はひどく驚いた。

――この男なら僕の状況を変えられるかもしれない。

そう思ったから、こちらからコンタクトを取った。

吉永と接点を持った事実は、現龍ヶ峯家当主である吟爾にも報せてある。

「わあ。ほんまに引っかかるなんて、嘘やん」などと嘆いていたが、男の有用性を知れば黙るはずだった。僕も吟爾も異能に人生を狂わされた側だ。専門家の助けはあった方がいいに決まっている。

とはいえ――……

「わざわざ足を延ばしてもらって悪いな」

「いえいえ。学会は、悩める異能者の味方ですよ」

この男が胡散臭いことは間違いない。

完全に気を許した訳ではなかった。吉永の持つ伝手や情報が必要なだけだ。

それは相手だって同じだろう。結局は僕という人間を利用したがっている。

「そうそう。先日、私なりの〝仮説〟をお話しした件ですがね。根拠を見つけようといろいろと探してみたのですが、やはり龍ヶ峯家の筋からはなにも出て来ませんでした。なので、アプローチを変えてみたんですよね」

吉永が鞄から分厚い書類を取り出した。受け取って目を通す。そこには、古い文献のコピーが交じっていた。注釈には、神崎家の分家の倉に長いこと仕舞われたままだったとあった。そこに龍ヶ峯の名前を見つけて、僕はわずかに目を眇める。

一部の人間からすれば衝撃的な内容だ。

〝龍ヶ峯の代替わりの際に、引退した当主に神崎家の直系を娶らせる〟。

両家の間に結ばれたものの、ほとんど実現しなかったという盟約。その一部始終と顚末(てんまつ)が書かれていたからだ。

「私の勘は当たっていたようですね。龍ヶ峯からすれば醜聞にもほどがある。いくら龍ヶ峯系列の蔵書を探しても出てこないはずだ」

「……この文献が偽書だという可能性は？」

「どうでしょうね。詳しく調べてみないとわかりませんが――。この文献に記載されている〝ある種の事件〟と、両家の関係性が悪化していった史実が、矛盾していないように思えます。少なくともひとつの婚姻を契機に、なにかしらのターニングポイントがあったことは間違いないでしょう」

「そうか」

紙面の文字を視線でなぞりながら、ようやく自分の状況を理解できた気がしていた。

古びた和紙に刻まれた記憶を読み込むごとに、心臓の辺りが冷え込んでいく。脳裏に思い浮かぶのは雛がこぼした涙。怯えた顔。首元に滲んだ鮮烈な赤色。ああ、どうして？愛しているのに。大事にしたいのに。なんで僕は彼女にあんなこと。

ずっと不思議だった。彼女への執着、そしてほの暗い欲望の根源がどこなのか。

けれど、今日で理解できた気がする。

すべては〝停滞〟の――

この体に流れる龍人の血のせいだ。

――このままじゃ駄目だ。

紙面から視線を上げると、胡散臭い笑顔を浮かべた男と目が合った。

色のない世界に誂えたように黒で揃えた衣装。取り繕われた笑み。得体の知れない団体の代表……。正直、信用すべき点を探す方が難しい相手だ。けれど――

僕には他に手立てがない。

「……吉永」

「はい」

「例の話を進めたい」

「ありがたいことです」

嬉しげに目を細めた男は、おもむろにハットを外すと馬鹿丁寧に一礼した。

「私どもなら、あなたのお役に立てると思いますよ」

僕たちの間を乾ききった風が吹き抜けていく。

じっと目を凝らしてみても、曇天が広がる空の下じゃ未来なんて見えなかった。

第六話　死神姫は真実を知った。そして――

その日は来客があった。

山中(やまなか)しほり。ウェブニュースサイトの記者だ。癖がある赤毛に、頬に散ったソバカスが魅力的な女性で、私へのインタビュー動画で世間の風向きを変えてくれた恩がある。

彼女は私の顔を見るなり、小動物みたいなつぶらな瞳に涙を滲ませた。

「……大丈夫ですか」

側に寄るなり、手を伸ばそうとして躊躇する。

私の事情をきちんと理解してくれている、そんな仕草だ。

「大丈夫そうに、見えないですか……？」

わかりきった質問を投げかけると、彼女はますます苦しげな表情になった。

「ようやく、お父様や異母妹(凜々花さん)の呪縛から逃れられたとは思えないほどに」

飾らない言葉だ。そのぶん彼女の優しさがまっすぐ伝わってくる。

それがなんだか嬉しく思えて。久しぶりに気持ちが緩んだ気がしていた。

山中さんを呼んだのは私だった。記者である彼女は怪異事件を多く担当していて、その関係で祓い屋の事情にも精通している。ここのところ、雪嗣さんとのすれ違い生活が続いていた私は、なんとかして状況を改善したくて動き始めていた。

少し前までの私だったら、なにもせずにいたはずだ。

でも、今は違う。ほんの少しだけれど、過去から脱却し始めている。

大好きな人が、なにに悩んで、なにに苦しんでいるのか。

本人が教えてくれないのなら、自分から理由を探しにいきたい。

『ちょっとずつ。ちょっとずつだよ』

少しずつ重ねてきた想いが、勇気が、この時の私を突き動かしていた。

――それに。

久しぶりに覗いたインターネットで、見過ごせない話題を見かけてしまったのもある。

「吉永久文氏の話を聞きたいんですよね。異能解放学会の代表で間違いないですか？」

「は、はい。ここのところ、彼の存在が大きな話題になっているようですね」

「ええ。少し前からよくメディアに顔を出していて。ほら、この世界って異能とは切っても切れないじゃないですか。彼の主義主張は多くの人の関心を呼んでいるようです。雛乃さんの事件をきっかけに、世間が異能に注目しているタイミングですし」

「え」

「ま、まさか。知らなかったんですか!?」

「はい……」

羞恥のあまりにうつむいてしまった私に、山中さんは頭を抱えてしまった。

「う。ま、まあ！　知らないでいるよりかはいいでしょう。つまり、すべての契機は神崎家が起こした不祥事で、その話題に乗っかって有名になったのが吉永氏です」

「……でも、今は、それだけじゃない、ですよね……？」

様子を窺いながら訊ねた私に、山中さんは神妙な顔でうなずいた。

「ええ。裏で新興宗教紛いのことを行っているようで、そういう意味でも注目を集め始めています。異能から解放されるための集会を開いたり、異能で悩んでいる人から多額の献金を受け取って妙な儀式を行ったり、高額で異能を販売したり……」

「異能を販売？　そんなことできるとは思えないのですが……」

「ですが、本人は可能だと主張しているようです。実際、彼のおかげで望みの異能を手に入れたという人まで現れていまして……。真偽について、毎日のようにＳＮＳやワイドショーが騒いでいるようですよ。秋頃からですから、もうずいぶん経ちますね」

――そんな人物だったなんて。

無知な自分に恥じ入るばかりだ。私にとって、異能は逃れがたい呪縛であるのと同時に、商売道具でもあった。祓い屋として、普通なら無視できない話題のはずだ。

――怖がらずに、情報収集をしていればよかった……。

メディアを避けていたのは、父や異母妹の話題を目にしないためだった。でも、それなりにアンテナを張っていれば、もっと多くのことに気づけていたのかもしれないのだ。雪嗣さんがなにに傷ついて、なにに悩んでいるのか。少しでも寄り添ってあげられたかもしれないのに……。

未来のためにも、意識の改革が必要な気がしていた。手始めに、知り合いに頼るでもない。母や村岡さん、それに夕夜くんに話を聞いてみても――

「あれ……？」

そう言えば、どうしてあの時……。

「雛乃さん？」

名前を呼ばれて、自分が物思いに耽っていたのだとようやく気がついた。

「すみません」慌てて謝ると「いえいえ」と彼女は優しく許してくれた。

「異能で大変な思いをしてきたんですから。気になるのはわかります。それに――」

ちらりと私の顔色を窺う。気遣わしそうな顔で山中さんは言った。

「吉永氏は、祓い屋の名家の方々と接触を持とうとしているようです。とある名家では、跡継ぎの方が吉永氏に傾倒してしまって大問題になっているそうですよ」

「……そう、なんですか」

「雛乃さん」

「はい」

「雪嗣さんの件でなにかお悩みなのでは？」

図星を指されて、思わず視線を揺らしてしまった。

そんな私の反応に、山中さんは苦しげな表情を浮かべている。

「私、雛乃さんに命を救われた時に決めたんです。祓い屋の人たちの素晴らしさを伝えられる人間になろうって。だから今ここにいる。あなたのおかげで今の私がある。力にならせてください。特別な力はありませんけど、できる限りのことをしますから」

あまりにも力強い言葉に心を鷲摑みにされた。

なんてかっこいい。強くて、優しくて。力があるだけの私なんかよりよほどすごい。

「話を、聞いてもらえますか……？」

「はい！」

それから、私は山中さんに今の状況を洗いざらい説明した。

「なるほど。吉永氏と自宅前で鉢合わせした後、雪嗣さんの態度が豹変したんですね？そして距離を置かれてしまった、と……。それ以前に異変を感じたりは？」

「す、少し前から、執着がすごいなとは、思っていたんですけど」

「ん～……。多少の独占欲は雪嗣さんの標準装備だと思うんですけどね！」

「へ？　そ、そうでしょうか」

「気づいてなかったんですか？　あの人、雛乃さんと一緒にいる時、近寄ってくる人間に極寒の眼差しを向けることで有名なんですよね。このところじゃ〝死にたがり〟どころか、〝死神騎士〟なんてあだ名までつく始末で」

「き、きききき、騎士……!?　なんですかそれ。じょ、冗談かなにかです……？」

「いやいや。本気ですって。実際、お姫様を守るナイトって感じですからね。あの氷点下の眼差しが逆にイイ！　ってファンも多いそうですよ」

「感じ方って人それぞれなんですね……」

「それだけ愛されてるってことですね！」

彼の新しい一面を知れて、嬉しいような、もどかしいような複雑な気持ちだった。

他人を威嚇するくらい愛してくれているのなら、私を大切にしてくれているのなら。

きちんと状況を共有してほしいと思うのは、贅沢なのだろうか。

「山中さん。雪嗣さんとその人がどういう関係なのか調べてもらえませんか。吉永さんの動向も知りたいです」

「もちろんです。これでも名家に関わる方とは、いいお付き合いをさせてもらっているので、情報収集能力には自信があります！」

するとと、山中さんが小さく笑ったのがわかった。

「どうしたんです……？」

思わず問いかけると、彼女はいやに楽しげに続けた。

「いや、普通は距離を置かれた時点で、浮気を疑いそうなものなのになあって」

「……！」

「雛乃さんも雪嗣さんを心から愛しているんですね。そして信用している。まるで、そのピアスみたいですね」

「え……？」

「アレキサンドライトでしょう？　陽光の下では雪嗣さんの瞳に似た色なのに、白熱灯の下では紅に色が変わるんです。まるでおふたりみたい。ふたりでひとつって感じでとっても素敵」

――ああ。やっぱり雪嗣さんが好き。

揃いのピアスの意味を知って、耳朶が熱くなった。

なんだか太陽を身につけているみたいだ。

――彼の気持ちを疑うなんて考えもしなかったな。

可能性すら思いつかなかった自分に呆れる。

だけどそれは、私が彼に向けている感情が歪んでいない証拠だとも思う。

私自身は、父や異母妹に傷つけられて綺麗な形や色なんてとっくに失っているのに。

彼を好きだと思う気持ちだけは、どこまでも透明で美しい形を保っている。

可憐で繊細なガラス細工のようなそれを、いつまでも守っていけたら――

どんなにか幸せだろうと思う。

指先でそっと耳朶に触れて、瞼を伏せた。

――会いたいな。話をしたいな。

雪嗣さんは、今なにをして、なにを考えているのだろう。

知りたい。心からそう強く思った。

＊

それからまた、少しだけ時が経った。

冬が深まり、頻繁に雪がちらつくほど冷え込むようになっても、相変わらず雪嗣さんからは避け続けられている。だけど、彼は私を忘れてはいないようだった。

断りを入れているのに、毎日のように「生命力はいかがですか」と女性たちが窺いに来るし、少しでも気を紛らわせようという気遣いなのか、香りや視覚で楽しめるようなバスボム、色鮮やかな画集やおすすめの小説が届く。寒い日が続くと、ワードローブにいつの間にかカシミアのストールやセーターが追加されていたこともあった。彼の髪色を思わせる白色だ。手触りのいいそれを抱きしめると、大好きな人の香りがするような気がした。

側にいてくれないのに、こんなことばっかりするなんて。

ひどいな。なんて残酷で優しい人。

だからかもしれない。私も負けていられない、なんて変な気を起こしてしまう。

「雪嗣さん。今日も討伐に出かけてきますね。冬は怪異が多くて困っちゃいますね……」

彼と会えなくなってから、新たな日課が加わった。

私室の前で声を掛けるのだ。ずいぶんと早い時間だから、まだ在室しているはずなのに反応はない。でも、挫けずに声を掛ける。決して扉は開けない。背中を扉に預けて、とりとめのない話をする。たったそれだけ。

彼からの返事を期待はしていない。

ちゃんと聞いてくれている気がするから、それでいい。

――そうだ。今はそれでもいいんだよね。

事情を話してと問い詰めても、これだけ頑なに隠すんだもの。きっといい結果にはならない。彼がやり遂げようとしていることを邪魔するつもりはない。

会えないのは。会話ができないのは。とっても苦しいし寂しいけれど。

――話してくれないのなら、勝手に調べるまでだから。

「うん……。私、強くなった」

涙がこぼれないように、気合いを入れて顔を上げる。

扉の前に持参した文庫本を置いた。物語は私と彼を繋いでくれるものだと思うから、一方的におすすめを押しつけている。……ちょっぴりホラー描写があるのはご愛敬だ。私を寂しくさせた仕返しである。

「また来ますね！」

彼の私室を離れる瞬間は、やっぱり後ろ髪を引かれる。

こんなの、いつまで続くんだろう。

ふと頭を過った考えを、ふるふるとかぶりを振って追い払った。

私と雪嗣さんの関係が停滞している間も、世界はどんどんと変わっていく。

吉永久文に関する話題は幅を広げていき、それにつれて批判と賞賛の声が大きくなっていった。異能を金銭で売買している件が特に問題視されているようだ。

救世主、詐欺師……世間は吉永氏のことを好き勝手に呼んでいる。

実際、彼の主張が事実なのかは気になっていた。

——もし、本当に異能を売買できるのであれば……。

私の〝吸命〟も手放せるのだろうか。

〝普通〟の人間になれるかもしれないという誘惑。

けれどそれは、今の立場をすべて捨て去るということにも繫がっていて——

簡単に決断なんてできない。なのに、ひどく惹き付けられる。

みんなが吉永さんの言葉に踊らされている理由が、少しわかる気がした。

雪嗣さんもそうなのだろうか。だから、彼と関わり合いを持っている？　私がいれば〝普通〟の生活を送れると知ってもなお、異能を捨て去ろうとしている理由は……？

私が必要なくなった？　煩わしくなってしまったのだろうか。

……そんなことはない。ないはずだ。

答えの出ない疑問に翻弄されて、最悪の事態でないことを祈るだけの日々。

なぜ、雪嗣さんは私と距離を置くようになったのか。

真実を知るまでに、そう時間はかからなかった。

その日は、ひどく天気が荒れていた。

台風並みの低気圧が近づいている。風の唸る音が辺りに響き、窓が立てる騒音がすべてを塗りつぶしていく。午後からは雪が降るという。不要不急の外出を控えるように呼びかける傍ら、ニュースやＳＮＳでは、盛んに吉永久文が記者会見を行うという話題を取り上げていた。会見内容は明かされておらず、誰もが興奮気味に意見を交わしている。なんだか世界が浮ついているみたいだ。どことなく嫌な感じだった。

たとえ世間が騒がしかろうとも、私の日常は変わらない。いつも通りに雪嗣さんの私室に向かって、いつもと同じ調子で一方的に話しかけた。相変わらずなんの反応もなかったけれど、痛む心を無視して彼の部屋を後にする。自室に戻ってきたところで、スマホに着信があるのに気づいた。

山中さんだ。

折り返すと、彼女はどこか興奮気味に言った。

『雪嗣さんが吉永氏とどうして関わったのか。その理由がわかりましたよ！』

まぎれもなく吉報だった。

私は取るものも取りあえず、彼女が指定した場所へと向かった。

到着したのは神崎家。私の実家だ。

そこには、山中さん以外に、予想外の人物が待ち構えていた。

「お母様。村岡さんも。それに……吟爾さん⁉」

母や村岡さんはともかく、龍ヶ峯家の現当主の存在には驚かされた。吟爾さんは外出嫌いで有名で、そのせいで雪嗣さんの出動が増えていたからなおさらだ。

しかも、様子がおかしい。視線は常に宙を彷徨っていて、げっそりと窶れているように見えた。まるで自分を守るように羽織の中に縮こまっている。

なにかに怯えている？　いや、ショックを受けているのかもしれない。

吉永さんと対面した後の雪嗣さんと、様子が酷似している気がした。

「雛乃ちゃん……」

涙を滲ませた吟爾さんは、私を見つけるなり席を立とうとした。

「たっ、大切にするから。雪嗣くんと離婚して、僕とけっこ……ぐへえっ!!」

村岡さんの鉄拳が、すかさず吟爾さんの脳天に炸裂した。頭を抱えて蹲る吟爾さんに、老祓い屋は冷徹な視線を注いでいる。

「まったく。耳障りな冗談はよしていただけますか」

「だ、だったら、さつき様でもええよ！　旦那さんとは離婚手続きしとるんやろ？　僕と再婚なんてどうやろ。若い男なんてオバさんにはご褒美――ぎゃあああっ！」

「………」

「村岡、やめろやめろ。それと顔が怖いぞ」

「お嬢の名誉を穢す人間に、生かしておく価値はあるのかと疑問に思いまして」

「その話は後で聞くから……」

殺気を放ち始めた村岡さんを、母がおざなりに制止している。

顔色をなくしている私に、山中さんが小さく肩を竦めた。

「驚きましたよね。でも、今回だけは許してあげてください。この人も混乱してるんです。自分の未来がお先真っ暗だって知って……」

「ど、どういうことですか？」

「そのままの意味ですよ。まあ……〝真実〟を知ってしまったら、吟爾さんがなりふり構わなくなりたくなる気持ちは、私にも理解できますけど」

「山中ちゃん……」

「あ、許容できるかは別の話ですが。人の心をなんだと思ってるんです？　最低」

「ひん」

吟爾さんが仔犬みたいな悲鳴を上げると、山中さんが私に向き合った。

「ご足労いただいてありがとうございます。大変お待たせしました。やっと、報告できるほどに情報が集まりました」

ごくりと生唾を飲み込んだ私に、山中さんは悲しげに瞼を伏せた。

「龍ヶ峯雪嗣は、あなたを守るために吉永氏と接触を図ったようです」

＊

応接室のソファに腰掛けると、山中さんは資料を机に並べながら話を始めた。

「私が〝真実〟に至るきっかけをくださったのは、そこにいる龍ヶ峯吟爾さんでした。過去に龍ヶ峯家と神崎家の間で結ばれた盟約が、『なぜ』実現しなかったのか……。理由を調べるように、雪嗣さんは吟爾さんに命じていたそうです」

「そやな。正味、その話をもろた時は不思議やったで。だって、あの人には雛乃ちゃんがおるやろ。別に過去に拘る必要はないやんって」

「盟約……って、私が結婚した時の、ですか？」

「〝龍ヶ峯の代替わりの際に、引退した当主に神崎家の直系を娶らせる〟っちゅうやつやな。〝吸命〟と〝停滞〟の関係性を考えたら、とうぜん結ばれて然るべきものやのに、なぜかほとんど実現せえへんかった。当主同士で仲良うしててもおかしくないのにね。むしろ両家の対立は深まっていった。血で血を洗う争いが起きるくらいにな。まあ、ぶっちゃけ僕には調べがつかへんかったんやけど」

「どうしてです？」

「龍ヶ峯の倉やら蔵書やらをいくら漁っても、なんも出てけぇへんかったんや」

「変ですね。龍ヶ峯家も当事者のはずなのに」

「正味、残せんかったんやと思う。龍ヶ峯家からしたら、都合の悪い歴史やさかい」

嫌な予感がしつつも、私は勇気をもって山中さんに続きを促した。

「詳しく聞かせてくれますか」

「わかりました。この文献をご覧ください」

「……これは？」

「神崎家の分家の倉に仕舞ってあったものなのだそうです。一ヶ月ほど前に、吉永氏が調査に訪れた際に見つかったとか」

「吉永氏は神崎家系列の人間とも繋がりが……？」

「元々著名な研究者でしたから、その伝手を使ったんだそうです。分家の人間も、研究のためだと言われては断れなかったみたいで。それで――ここ。見てください。崩し字で読みづらいかもしれないですが、龍ヶ峯家の名がわかりますか」

「……は、はい。確かに」

　ミミズがのたくったような字を必死に目で追う。江戸時代生まれの雪嗣さんなら、容易に解読もできただろうななんて思っていると、山中さんが一点を指し示した。

「次にここ……。わかりますか。龍ヶ峯家の元当主と、神崎家の直系の娘が婚姻したとありますね？」

「そ、そうですね」

「そして、次の年には神崎家の娘が死亡している」

　息を呑んだ私に、山中さんは畳みかけるように言った。

「続けて龍ヶ峯家の元当主が自害したとあります。その後、両家の関係は悪化し、抗争にまで発展していますね。それ以降、例の盟約が実現したという記録はありません」

「……なん、なんでそんなことに？」

「原因に関しても文献に記載がありました」

そこで、山中さんは口を閉ざした。瞳が揺れて、どこか泣きそうな顔をしている。

どうしたのかと訝しんでいると、ソファのクッションが沈んだのがわかった。私の隣に母が座ったのだ。母は私の肩を抱くと「続きを」と山中さんに促した。

「……はい」

山中さんはゆっくり息を吐くと、慎重に言葉を選んでいる様子でこう続けた。

「両家の関係の悪化。その原因は——龍ヶ峯家の元当主が、娶った神崎家の娘を殺害したことにあります」

「え……」

頭が真っ白になっていると、山中さんは詰めていた息を吐いた。

「思えば、雪嗣さん自身も感じるところがあったのかもしれません。なにか異変を……感じ取っていたのかも」

「い、異変？」

「ええ。危機感と言い換えてもいいのかもしれない。彼は——……」

山中さんの表情がくしゃりと歪む。

「どうしても、あなたを殺したくなかった」

部屋の中が静まり返ると、風の音がいっそう強く感じた。

意味が理解できずに呆然としていると、温かいものが手に触れた。気がつけば手の中にカップがあった。ほどよく冷ました紅茶だ。そっと視線を上げると、母と村岡さんが気遣わしげにこちらを見ているのがわかった。

「とりあえず飲みな。蜂蜜を落としてあるから」

母の気遣いがありがたかった。力強い手が、その柔らかさが、今にも泣き出しそうな心を慰めてくれる。けれど、どうしても飲む気にはなれない。甘える気にもなれない。

心臓が嫌な音を立てていた。苦しい。目眩がする。

ああ。いま〝白い結婚〟の原因に迫っている気がしてならない。

――ここで、逃げちゃ、駄目だ。

「それは。龍ヶ峯家の当主が持っている〝停滞〟の異能に原因がありますか」

思いのほか冷静な声が出た。すべてを否定したい心と、現実を受け止めなければならないという義務感がせめぎ合っていて、なんだか他人事みたいな心地でいる。

「――……っ！　失礼いたします。さつき様、雛乃様、大変です……！」

すると、使用人が焦った様子で室内に駆け込んできた。

「雪嗣様が！　雪嗣様が吉永氏と一緒にテレビに……！」

私たちは総立ちになると、思わず顔を見合わせた。

＊

体が重い。鉛(なまり)でも呑み込んでしまったようだ。

ずぶずぶと泥濘に沈み込むような微睡みの中にいた僕は、ようやく瞼を開けた。

あまりの眩しさに目を眇める。照明が熱い。やたら人がいる。ここはどこだ。

「ようやくお目覚めですか。焦りましたよ。被術者が寝ていると話にならない」

声がした方に目をやれば、そこには胡散臭い顔をした黒縁眼鏡が立っていた。

「……これはどういう」

僕の問いかけに、吉永はいやに爽やかな笑みを浮かべた。

「あなたのご要望に応えるための準備ですよ」

意味がわからなかった。視線だけ動かして周囲の状況を確認する。何台ものカメラが僕に向けられていた。ずらりと並んだパイプ椅子には、記者らしき人間がおおぜい座っている。彼らは興味深そうに僕を見つめていて、なんだか見世物になった気分だ。

「確かにお前に依頼はしたけれど。公開で行う許可を出した覚えはないよ」

「おや。そうでしたか？　申し訳ありません。ですが、あなたが抱えている事情はね、私にとって非常に都合がよくて。ご協力をお願いしたいんですよね」

「……僕の事情まで明かすつもり？」

「秘密保持までは契約に含まれておりませんでしたので」

「最悪」

うんざりして再び目を閉じた。

どうやら、リクライニング式のベッドに寝かされていたようだ。薬でも盛られたのか、体が怠かった。強烈な眠気のせいですぐに動けそうにない。突き刺さるような視線。照明の熱にチリチリと肌が悲鳴を上げていた。まるで儀式で捧げる供物である。

――まあ。この男にとっては、僕という人間は紛れもなく生け贄なのだろうけれど。

「僕の異能を取り出す様子を公開して、世間からの信頼を得るつもりなんだ？」

「理解が早くて助かります。いい加減、詐欺師と呼ばれることに飽き飽きしておりましてね。あなたのご依頼はいい機会だと考えた次第です」

「ここまでして、失敗したら話にならないよ」

「ご安心ください。失敗なんてしませんよ」

眼鏡の奥の瞳が怪しく光る。吉永はどこまでも薄っぺらい笑みを顔に貼り付けた。

「異能など取るに足らないもの。こんな呪い紛いのものに、人生を左右されるなど愚かしい。金銭でやり取りする程度が相応しいのだと、世間に知らしめてみせます」

ほの暗い目だった。苦悩と挫折と憎しみを綯い交ぜたような。

吉永の過去になにがあったのだろう。気にはなったが、訊ねている時間的余裕があるとは思えなかった。

そっと息を吐いた。今まさに僕の異能が取り除かれようとしている。人生の分水嶺だ。

「本当に、本当に任せていいんだね？」緊張のせいか体が震えている。

縋るような眼差しを吉永に向けた。

「約束してくれ。僕の異能を取り出せたなら、次は雛の……妻の異能を」

「もちろん。あなたや奥様の異能は人気が高い。オークションに出せば高値がつくと思いますよ。手数料を差し引いても、余生を過ごすのにじゅうぶんなお金を――」

「そんなこと。そんなこと僕にはどうでもいいんだ」

瞠目した吉永に、僕は心からの願いを伝えた。

「彼女と生きていくためならなんだってする。僕らを異能の呪縛から解き放ってくれ」

僕の言葉に、吉永はすう、と目を細めた。

おもむろに胸に手を当てると、気障ったらしい仕草で一礼する。

「お任せください。あなた方夫婦の人生を私が変えてみせます」

そして、記者たちに向かい合う。

肌が灼けるほどに降り注ぐ照明の中、彼は声高らかに話し始めた。

「お集まりの皆様！　ようこそ！　あなた方は実に幸運です。歴史が変わる瞬間を目撃できるのですから――」

＊

テレビの前に陣取った私は、記者会見の様子を固唾を呑んで見守っていた。

四角い画面の中に、吉永さんとリクライニングベッドに横たわる雪嗣さんの姿が映っている。不思議だった。テレビなんて別世界を映すだけのもので、私の生活に関わることなんてないと思っていたのに。大切な人の姿が映っている。それがなにより心をかき乱す。

それだけじゃない。

吉永さんが語る内容が衝撃的すぎて、私の頭は混乱の最中にあった。

『この世には、異能によって耐えがたい苦しみを抱えている人間が大勢います。龍ヶ峯雪嗣さんもそのひとり。ご存じの方も多いでしょう。名家の当主として見いだされた彼は、最愛の伴侶を手に入れた。二百年もの間、怪異討伐に明け暮れていた彼は、ようやく安らぎを得たのです。ですが！　異能は彼のささやかな幸せすら奪おうとする』

雪嗣さんの方を見やると、彼はわざとらしいくらいに眉を顰めた。

『龍ヶ峯家は、かつて龍人と交わりました。そして特別な異能を手にした。普通の人間からすれば永遠にも近しい時間を過ごす権利、龍人に匹敵する力を行使する権利、白髪碧眼はすべての人間を惹き付ける。誰もがうらやむ力だ。しかし、その代償は大きい』

一転してカメラ目線になった吉永さんは、いやに情感たっぷりにこう続けた。

『――龍人は、いや、龍は宝物を隠さずにはいられないのですよ』

おとぎ話でもよくあるでしょう、と吉永さんは得意気だった。

『大切なものを誰の目にもつかない場所にしまい込む。それは龍の特性であり習性なのです。龍ヶ峯家の当主は、ことごとくがその特性を引き継いでいる。厄介なことに、彼らが考える〝宝物〟は、一般的な意味での宝石や価値のある品にはなり得ない。彼らの執着が行き着く先は必ず――愛する人間だ』

ここに古い文献のコピーがあります、と吉永さんは資料を取り出した。

先ほど、山中さんが見せてくれたものとは別の文献のようだ。彼は彼で独自の資料を手に入れていたらしい。その内容を語りながら、更に衝撃的な言葉を吐いた。

『過去に、龍ヶ峯家の当主は神崎家や水神家出身の女性たちと婚姻を結んできました。ですが、ことごとくが死別か離婚に至っている。原因はなにか？　とある女性は、離婚後に親族にこう語ったそうです。〝監禁されそうになったので逃げた〟。……その後、独り身となった龍ヶ峯家の当主は自死したそうです』

記者たちの間から動揺の声が上がる。ひとりの記者が手を上げて質問した。

『監禁が離婚の理由なら。で、では、死別の理由は……？』

黒縁眼鏡の位置を直した吉永さんは、ふるふるとかぶりを振った。

『龍ヶ峯家の当主に殺されたのですよ』

『な、なぜです!?　どうして殺害する必要が……!?』

『これはあくまで私の想像ですが、相手の女性に愛情を受け入れてもらえなかったのではないでしょうか。異能によって限界まで高められた執着は、拒絶やパートナーの無理解、些細なすれ違いによって破壊衝動に繋がってしまうのです』

ずくり、と癒えたはずの首元の傷が痛んだ気がした。

雪嗣さんの行動。仕草。そして私へ向けたほの暗い眼差し。

すべてが繋がった気がして、体が震えた。

「くそ。なんなん。なんなんや！　そんなん厨二病の妄想だけに留めとけや……！」

苦しげな声を上げたのは吟爾さんだ。額に脂汗を滲ませ、膝を抱えて震えている。

「誰かを愛すると殺してまう？　なら、僕はもう二度と誰も好きになれへんの」

ようやく、吟爾さんが取り乱していた理由が理解できた。

そして、雪嗣さんの行動の訳も。

――私を大切にしたい。殺したくない。だけど、執着は募るばかりで……。

だから決定的な部分で私に触れなかった。結果的に白い結婚になってしまった。体の関係を持てば、それだけ愛情が深まってしまうからだ。真実を知ったのは吉永さんと接触した後だろうが、それ以前にも自身の内面について不安があったのかもしれない。

目の前が真っ暗になったようだった。

嫌だ。なんで、どうしてなの。

こんなに彼を必要としているのに。愛しているのに。

なんで私たちは――……。

『……とはいえ、すべての龍ヶ峯家の当主が愛した人を殺した訳ではありませんが』

ハッとして顔を上げる。

テレビの中の吉永さんは、変わらぬ調子で自分の考えを述べた。

『かつて、ひとりの当主が神崎家の直系の女性と添い遂げているのですよ。懐の深い女性だったのでしょう。最期まで仲睦まじい夫婦だったそうです』

「可能性は、まだある……？」

いきなり提示された、ほんのわずかな希望の光。だが、深く考えている余裕はなかった。

吉永さんの話は続いている。

『――ですが、雪嗣氏は確実を期すために異能を捨て去るという選択をしました。愛する人と共にいたい。その一心です。私は彼を応援したい。すべての人間は理不尽な異能から解放されるべきなのです！』

両手を広げて笑顔になる。

瞳には、恐ろしいほどの恍惚（こうこつ）が滲んでいた。

やがて、壇上にいた人々が動き出した。

『私はね、異能で不幸になる人間を見捨てておけないのですよ』

雪嗣さんの異能を取り出す……彼を解放するつもりなのだ。

暗い表情をした女性が雪嗣さんに近づいていく。特に特別な道具を用意している様子はなかった。もしかしたら彼女の異能を利用するのだろうか？

「雪嗣さん……」

心臓が嫌な音を立てていた。

異能を取り出すなんて本当にできるの？　副作用はないの。異能によって時間を停止させられていた彼は、それを失った後、どうなってしまうの。

　体の震えが止まらなかった。

　万が一にでも雪嗣さんになにかあったら――……

「雛乃」

　気がつけば母が私の肩を抱いている。

「心臓に悪いよ。なんなら目を瞑っていなさい」

　母の気遣いはありがたかったが、私はかぶりを振った。

「ううん。ちゃんと見てる」

　目を逸らしたら駄目だ。

「これは、雪嗣さんが私のためにしていることだもの」

　母は少し驚いた顔をしている。

「そっか」

　小さく笑って私の肩を抱く手に力を込めた。

　そうしている間にも、画面の中では粛々と作業が進んでいた。誰もが固唾を呑んで見守る中、女性が雪嗣さんの額に触れている。うっすらと発光して見えるのは、画面越しだからだろうか。彼女の額に第三の目が現れているのは確かだ。こんな異能があったなんて。物珍しい光景に誰もが目を離せないでいた。

　雪嗣さんはというと、静かに目を瞑って身を任せている。

痛みや苦しみはないようだ。ホッと胸をなで下ろしていると――

『……!?』

突然、女性の手が弾かれたように後ろにそれた。

『どうした』

慌てた様子の吉永さんが駆け寄っていく。

『大丈夫です』女性は再び雪嗣さんに手をかざそうとするも、苦悶の表情を浮かべた。様子がおかしい。ひどく焦っている。ヨロヨロと雪嗣さんから距離を取った女性は、三つの瞳を吉永さんに向けた。

『あ、久文さ……』

瞬間、女性の口許から鮮血があふれ出す。膝から崩れ落ちた女性の体を、吉永さんが支えた。なにかを叫んでいるようだったが――

画面の向こうでは衝撃の光景が繰り広げられていて、私の耳には入ってこない。

「なに、これ……」

雪嗣さんの体から、なにかがあふれ出し始めていた。

白い靄だ。濃い乳を思わせるそれは、まるで意思を持っているかのように蠢き出した。

雪嗣さんの体を取り巻いて覆い隠していく。不思議と雪嗣さんの表情は穏やかなままだったが、それでも少しずつ彼の姿が見えなくなっていくことは恐怖でしかなかった。

「雪嗣さんっ……!」

黙って見ていることしかできない自分が、歯がゆくて仕方がない。

どうすればいいか迷っているうちにも、刻一刻と状況が変わっていく。白い靄は、彼の姿をすべて覆い尽くしていったかと思うと、やがて巨大な龍の姿を取り――

あらゆるものを揺るがすような咆哮を上げた。記者会見の会場に設置された照明が弾け飛ぶ。画面が暗転する。少しして『少々お待ちください』という画面に切り替わった。

なにかが起きたんだ。

雪嗣さんの身に――なにかが。

「いかなくちゃ」

大好きな人の、誰より大切な人の身に危険が迫っている。

すぐさま立ち上がると、誰かに手を引かれた。

「待って」

母だった。真剣な面持ちで私を見上げている。

「ごめん。お母様、今はちょっと……」

申し訳なく思いながらも振り払おうとしたが、母はどうしても離してはくれなかった。

「ひとつ聞かせてほしいんだ。これは母親としての問いだ。見過ごせない」

あまりにも切羽詰まった声に、熱くなっていた頭が少し冷えた気がした。気迫に押されて、ソファに座り直す。母はわずかに口許を緩めた。

「素直ないい子だね」明らかな子ども扱いをすると、改めて私を見つめた。

「混乱しているのは理解できるよ。情報過多だし、冷静になんかなれないと思う。だけど、これだけは考えてみてほしい。今ここで、雪嗣さんのところへいって後悔しない？」

「どうして、そう思うの？」

「だって、吉永とかいう男の話を信じるなら、あの男は雛乃を殺すかもしれない。命を落とす瞬間に『やめておけばよかった』って後悔しても遅いんだ」

母の瞳が揺れて、神崎家の女が持つ紅色が涙で濡れている。そこには、青い顔をして落ち着きをなくした私が映っていた。

「……母親の私にとってはね、娘以上に大切なものなんてないんだよ。龍ヶ峯の異能の問題が解決できなかった以上、離婚を選択しても誰も責めない。お願いだから、一度だけでいいから。きちんと考えてみてほしい。そして、正しい選択をしてほしいんだ」

ああ、ここにも私を愛してくれている人がいる。

「わかってる。私だってわかってるんだよ」

彼は私を愛してくれている。慈しんで、大切にしてくれている……それは事実だ。

けれど、その想いが募るほど愛情は歪んでいく。執着と名を変え、私の自由を奪おうと手を伸ばして——受け入れられないとわかった瞬間に、私たちには離別が待っている。

その時、私はどうするのだろうか。離婚を選択しているのだろうか。

それとも、雪嗣さんの手に掛かって命を落としているのだろうか。

どちらにしろ、破滅的な結末しか待っていないような気がした。

「だとしても、可能性は百パーセントじゃない、よね？」

『かつて、ひとりの当主が神崎家の直系の女性と添い遂げているのですよ』

すべての人が駄目だった訳じゃない。

絶望しかないように見える関係性だが、まだ一縷の望みはある。

「なら、私は自分に賭けてみたいの。これからの人生を、雪嗣さんに預けてみたい」

「もっと別の生き方もあるはずだよ。生命力の件だってそうだ。今の私ならなんとかしてあげられる。雛乃が普通に生きられるように人を募って……」

「——それでも!!　私は雪嗣さんがいいの」

大声を出した私に、母は驚いていた。自分自身でも少し意外だった。こんな声を出したのは凜々花と対決した時以来だったから。

でも、こればかりは譲れない。譲る気もない。

彼は私の生きる意味で、進む先を明るく照らしてくれる灯火だから。

「きっとやり遂げてみせるよ。私は死なないし、殺されない。だから見守っていて」

まるで根拠なんてない。

——だけど。

私の心が、体が、体の中に満ちているすべてのものが。

彼に会いたいって叫んでいる。彼しかいないって主張している。

理屈なんかじゃない。理屈なんて知らない。

この声を無視したら、そっちの方が一生涯後悔するだろうから。

「いってきます。お母様」

笑顔でそう言うと、母の顔がくしゃりと歪んだ。

「まったくもう！　いつの間にかこんなに大人になっちゃって」

とつぜん私を抱きしめた母は、首元にぐりぐり顔を擦りつけて悶えている。

「ああ。ああ！　もっと側にいたかったなあ！　成長を見守っていたかった。娘と大事な人の仲を裂くようなこと、死んでも口にしたくなかったのに！　ちくしょうめ。ぜんぶアイツのせいだ。義郎が悪巧みをしたせいで愛娘との時間がああああああ……！」

「お、お母様……？」

父への恨み言を吐き出したかと思うと、ずびび、と鼻を啜った母は、ますます私を抱きしめる腕に力を込めた。

「仕方ないな。うん。私も親だ。娘の旅立ちを大人しく見守ることにする」

「お母様……！」

「執着強めの旦那様は大変だろうけどね。まあ、うちの夫みたいによそで子どもを作るよりかはいいでしょ。こっちは気にしないで。ここのところの好調でずいぶん持ち直したし、私の体調も戻ってきたし。雛乃の手伝いがなくたってやっていける」

真っ赤な目をした母は、私に思い切り頬ずりをして——果てしなく温かい声で、そしてどこまでも愛おしそうに言った。

「頑張っておいで。雛乃が幸せなら、私はそれで構わないから」

きゅうと胸が苦しくなった。

母の温もりが、優しさが、その匂いが、柔らかさが――私を勇気づけてくれる。

「うん！」

私を愛してくれ、無条件で信じてくれている人がいる。

それはなによりも心強く、行き先が見えない未来への不安を払拭してくれた。

第七話　死神姫の選択

会見が行われたという場所の近くまで車で送ってもらった私は、ひたすら街中を駆けていた。辺りは阿鼻叫喚の様相を呈している。轟音がそう遠くない場所から聞こえていた。信じられない話だが、龍に変化した雪嗣さんが建物を破壊しているのだという。

「通してください！」

黒々とした空からは雪がちらつき始めていて、どんどんと気温が下がっていくのがわかる。人々が逃げてくる方向を遡っていくと、警察官が頻りに避難誘導をしていた。祓い屋らしき姿も見える。対処のために招集が掛けられたのだろう。中には私に気づく人もいて、彼らは一様に複雑そうな表情を浮かべていた。なんとも言えない視線。驚き。同情。憤り。様々な感情を向けられたが、それらは私を動揺させるまでの影響力は持たなかった。むしろ心は凪いでいる。

いや——逆だ。私の胸はひどく高鳴っていた。

だって、この先に雪嗣さんがいる。

ただそれだけで、こんなにも心が躍るなんて。

ずっと会えないでいたことが、よほどこたえたらしい。彼がどんな姿をしていたって構わなかった。彼の視界に私を映してほしい。彼の温度を、色を、気配を感じたかった。だから休まずに走り続ける。まるで逢瀬に向かう恋人みたいだ。この先に待ち構えているのは、異形と化してしまった雪嗣さんなのに妙な気分だった。

ただただ、好きな人に会いたい。

言葉を交わしたい。心に――触れたい。

私の恋心は相変わらず透明で、なんの色にも染まっていない。

「雛乃！」

もうすぐ現場に到着しようとした時だ。私の前に夕夜くんが立ちはだかった。

「……どうしてここに？」

周囲を確認すると、水神家の人たちが集結しているのに気がついた。

紅子さんを筆頭に、巨大結界を展開しているようだ。これ以上、被害を出さないために雪嗣さんを閉じ込めているらしい。妥当な判断だと思う。ただ困ったことになった。このままじゃ雪嗣さんに近づけない。

「夕夜くん。この先にいかせてほしいの」

「駄目だ」

「どうして？　向こうには雪嗣さんがいるのに」

少し戸惑いながらも訊ねる。その間にも、徐々に轟音が近づいてくるのがわかった。辻の向こうから粉塵が上がっているのが見える。雪嗣さんがすぐそこにいる。

「……逆に、なんでいこうとしているのか俺にはわからないよ。通す訳にはいかない。みすみす死なせにいくなんて……俺にはできない」

相変わらず夕夜くんは動かない。結界師に声を掛ける様子もなかった。

それなら紅子さんに直談判するだけだ。

夕夜くんに背を向ける。その瞬間、腕を摑まれてしまった。

「だから、止まれって！」

「離して。私はいかないといけないの」

「なんでだ。妻だからか？　夫の不祥事の責任を取るためにか⁉」

「違う！　私が彼に会いたいの！」

「それこそ理解できない！　アイツはいずれお前を殺してしまうんだろ⁉」

「そんなことにはならないよ！」

思わず夕夜くんを睨みつけると、彼はどこか泣きそうな顔をしていた。

「自分なら雪嗣様に寄り添えるって？　なんの根拠があって断言するんだ」

「根拠なんてない。だけど、やるしかないもの」

「命の危険を冒してまで？」

「そうだよ。どんな結果になっても構わない。私は彼の側にいたい」

「なんでだよ。どうしてそこまで龍ヶ峯雪嗣がいいんだ」

「……ッ！」

瞬間、夕夜くんに強く抱きしめられて息が詰まった。

「別に俺だっていいじゃないか」

雪嗣さんのものではない男の人の匂いがする。慣れない香り。服越しに感じる体温も、筋肉質な体の弾力も、キツく抱きしめられて痛む背中も。

「雛乃……」

鼓膜を揺らす低音すらも――なにもかもが雪嗣さんとは違った。

――ああ。嫌だ。ほしいのはこれじゃない。

「ごめん……！」

勢いよく突き飛ばす。

驚いた顔をしている夕夜くんを見やると、みるみるうちに視界が滲んでいった。なんでこうなるの。友だちにひどいことをしてしまった。ううん、友だちって思ってるのはたぶん私だけ。そんな場合じゃないって、そういう状況でもないってわかっているのに、なんだかひどく心が痛んで、真冬に不釣り合いなくらいに温かな雫が、ぽたぽたと地面に新しい染みを作っていった。

「た、確かにね。雪嗣さんじゃなくたっていいって、もうやめるって言った方が、生きやすいってわかってるんだ。母にも言われたの。他の生き方があるはずだって」

「なら……」

「でも！　そうじゃないの。そうじゃないんだよ。私が辛かった時、彼はいつだって側にいてくれた。雪嗣さんがいたから私は――」

「俺だって側にいただろ！」

はっとして顔を上げると、夕夜くんは切なげに顔を歪めていた。ただそこに立っているだけだというのに、いやに苦しげだった。揺れる金の瞳はどこまでも真摯な色をたたえていて、ほんのり頬が染まっている。

「お前が苦しい時、俺も側にいたはずだ」

脳裏に浮かんだのは、幼い頃に戦場で過ごした記憶。

事実、夕夜くんは私の支えになってくれた。あの時の経験があったから、心が無事でいられた一面もあったかもしれない。

――でも。でもね、夕夜くん。

「夕夜くんも側にいてはくれたけど、私を救い出してはくれなかったよ」

瞬間、辺りを揺るがすような咆哮が響いた。

気がつけば、視認できる場所にまで白い龍が迫ってきていた。碧色の瞳が私たちを捉えている。ああ、懐かしい色だ。私の、私だけの大好きな色。

――いかなくちゃ。

ふらりと雪嗣さんに向けて歩き出した。

「雛乃さん!?　そこから先は結界を張ってありますわ。入れませんわよ……！」

紅子さんが叫んでいる。

「やめろ……！　自分を大事にしてくれ。アイツのところになんかいくな！」

夕夜くんが肩を摑んでくる。

でも、私は足を止めなかった。止める必要がなかったからだ。

「ごめんね。心配してくれてありがとう。でも、雪嗣さんの代わりは他にいないから」

感謝の気持ちと謝罪を込めて、ふわりと微笑む。

「私ね、雪嗣さんしかいらないの」

一瞬だけ夕夜くんが動きを止めたのをいいことに、彼の手から逃れた。

これで私を邪魔するものは、目の前に立ちはだかる結界だけ――

「どうしよう……」

きっと結界師たちは私を通してはくれないだろう。ならば強行突破するしかない。

「結界、も。異能の一種だよね……」

祓い屋は己の生命力を武器に変える。言い換えれば、結界師も自分の生命力を目に見えない障壁へと変換しているのだ。

それなら――……

――私の〝吸命〟で吸収できるかもしれない……！

そっと結界に触れて、異能封じの黒いヴェールを取り去った。視界がクリアになった瞬間、空中に細かな亀裂が入ったのが見えた。ガラスが割れるような音と同時に、ガラガラと結界が瓦解していく。

「……な、なんですの。これ……！」

困惑している紅子さんたちをよそに、私は体の中に力が満ちてきたのを感じていた。

――けっこうな量を吸収できたなあ……。

これなら少しの間、ヴェールなしでも大丈夫そうだ。

――自分以外の生命力を吸収するなんてって、雪嗣さんには怒られるかもしれないけど。

それでもよかった。彼と話ができるならなんだっていい。

気がついた時には、私の中にある母ですら居座れない深い場所に雪嗣さんがいた。

彼の存在は私の大部分を占めてしまっていて、他の何者にも代えがたい。

夕夜くんの魅力にだって気がついてはいた。優しくて、気遣いができて、きっと誰もが惹かれて止まない人。こんな人に想いを寄せてもらえるなんて、私は幸福なのだろう。雪嗣さんと出会っていなかったら、彼の手を取る可能性だってあったかもしれない――

だけどね、ごめん。

私は唯一と出会ってしまった。真っ暗な世界に沈んでいた私に、あらゆる障害を乗り越えて彼が手を差し伸べてくれた瞬間に、心が決まってしまったのだ。

あの時から、雪嗣さんは私の太陽になった。

太陽がない世界なんて、凍えて死んでしまうだけ。

だったら、彼に会いにいこう。たとえこの身が焼け焦げたって構わない。ギリシャ神話のイカロスのように、ただただ蜜蠟で固めた翼を動かして飛んでいく。

「待っていてください。私が雪嗣さんにとっての〝運命〟だって証明してみせますから」

かつて大好きな人から貰った言葉を口にして、手の中に黒い死神の鎌を出現させた。

土煙が立ち上る場所に足を踏み入れる。

白銀の巨軀を見上げた時、私の口角は自然と持ち上がっていた。

＊

肌を切り裂くような冷たい風が吹き荒れていた。徐々に降雪がひどくなってきている。

吹雪で白く煙る世界の中、それでも巨大な龍の姿は圧巻だった。

薄日を反射して白銀の鱗が輝いている。うねる胴体はどこまでもしなやかで、その身で形作る曲線は美術品を思わせるほどの完成度だった。宙に揺蕩う長い髭も、鋭利な爪も水晶のように透き通っている。恐ろしいはずなのに、見とれずにはいられない。人知を超えた存在がそこにあった。

「雪嗣さん……！」

声を掛けても反応はない。

白い龍と化した雪嗣さんに、人間としての意識はないようだった。

時折、苦しげに身もだえしている。龍が暴れるたびに、長い尾が周囲の建造物を破壊していった。悲鳴とも威嚇とも判断がつかない咆哮が鼓膜を震わせている。どこか痛むのだろうか。彼の身になにが起きたのか知りたかった。

「龍ヶ峯雛乃様ですね？」

振り返ると、そこに吉永さんが立っていた。側には、テレビで雪嗣さんに異能を施していた女性が立っている。彼女に目配せをした吉永さんは、私に向かって頭を下げた。

「申し訳ございません。すべての責任は私にあります」

「……！　そんな、久文さん」

「君は黙っていろ」

動揺を露わにした女性を押しとどめた吉永さんは、改めて私に向かい合った。

「雛乃様。こんな状況ですから、謝罪や保障の話は後回しにさせていただきます。まずは雪嗣様をどうするかです。彼を救うために協力をお願いしたい」

「協力、ですか……？」

首を傾げた私に、吉永さんは神妙な顔でうなずいた。

「このまま被害が増えていけば、やがて政府は雪嗣様の討伐に動くでしょう。それだけは避けなければならない。わかりますね？」

「は、はい。私にできることがあるんでしょうか」

「もちろん。むしろ、あなたにしか彼を救うことはできない」

とくりと胸が高鳴った。

私が、私だけが雪嗣さんを救える。

「なんでもします」

即答した私を、吉永さんは少し眩しそうな顔で見つめた。

「そうですか」

隣にいる女性の肩を抱くと、意を決したように表情を引き締めている。

「今回の事件の原因は、我々のリスク管理が甘かったせいです。龍の……龍人の血を侮っていた。我々が持つ異能で御せるものだと考えたのが、そもそもの失敗だった」

「……あの。異能を取り出せる、というのは事実なんですか？」

女性の額にある第三の目を横目で見ながら訊ねると、吉永さんは大きくうなずいた。

「ええ。一般的な異能であれば可能です。あまり知られてはいませんが、一部の巫が持つ能力のひとつでね。古来〝異能移し〟は密かに行われてきたんです。ですが雪嗣様の異能は規格外すぎて……。こんな結果になってしまった」

「雪嗣さんは、い、今どういう状況なんですか？」

「それは私がお答えします」

口を開いたのは〝異能移し〟を行った巫の女性だった。

黒目がちの瞳を持った美しい人だ。どこか暗い印象を受けていたのは、第三の目を隠すために、前髪を長くしていたせいだろうか。

「そもそも異能とはなにかご存じですか。普通の人間と異能持ちの人間の違いは？」

「えっと。私にはよく……」

「別に恥じる必要はありませんよ。一般的な知識ではありません」

研究者気質を感じる笑みを浮かべた女性は、指で自分の胸を指さした。

「違いはたったひとつだけです。生命力の質」

「生命力、なんですか？」

「ええ。異能の有無は正常な生命力を持って生まれるか、変質した生命力を持って生まれるか。ただそれだけです。些細な違いなのですよ。変質した生命力は保持者に様々な恩恵を与えます。それが——〝異能〟」

まっすぐに私を見つめた女性は、どこか物憂げに瞼を伏せた。

「私は変質したものを正常な生命力と入れ替えることができます。ですが、その過程で強烈な拒絶反応が起きたのです。明らかに何者かの干渉がありました」

「あの場に悪意を持った第三者がいた、ということですか……？」

「いいえ。そういう意味ではありません。はるか昔に遺伝子に組み込まれた意思と言いますか……。彼の生命力に触れた瞬間、誰かの思念が邪魔をしてきて——」

『これは妾のものだ。誰にも触れさせはしない……！』

「能力が阻害されたと感じた途端、吐血していたんです」

女性はノロノロと顔を上げ、どこか悲痛さが滲む青白い顔で言った。

「失敗を押しつけるようで申し訳ありません。でも、あなたにしか頼れないのです」

「私……ですか」

「はい。おそらく雪嗣様は、本能的な防御反応により、体内を巡っていた生命力が表出してしまっているのです。今の雪嗣様は眠っているような状況なのでしょう。龍自体に自我はなく、ただ自己を守ろうと暴れているのだと思います。苦しげに悶えているのは、巨大な力を持て余しているからではないかと」

じっと私を見つめて、彼女はこう続けた。

「でも、あなたの〝吸命〟なら、解決できるはずです」

〝吸命〟は他者の生命力を自己の力に変換する能力だ。龍として顕現してしまった生命力を私が吸収すれば、暴走は止められると言いたいようだ。

確かに私なら、あの龍を鎮められるかもしれない。でも――

「……彼の命を奪うことには、ならないんでしょうか」

「それは問題ないと思いますよ」

答えをくれたのは吉永さんだ。

「雪嗣様の異能〝停滞〟は、本来は消費されるはずだった時間を圧縮し、生命力に変換する力を持っています。時間という単位が持つ熱量は、人が思う以上に大きなものでね。二百年もあれば、そうそう簡単になくなりませんよ。それに――……」

吉永さんは眼鏡の奥の瞳をわずかに和らげると、少し曖昧に微笑んだ。

「これは、私の直感なのですけどね。あなたが呼びかけているうちに、彼の意識は回復するはずです。そうなれば、表出していた生命力は自ずとあるべき場所に収まるでしょう」

「直感……です、か？」

研究者に似つかわしくない発言に戸惑っていると、彼は弱々しく眉尻を下げた。

「普段はリアリストなんですけどね。時にロマンチストになりたい時がありまして……。雪嗣様の愛情深さには、とても感心しているんです」

そっと瞼を伏せた吉永さんは、なにを思い出しているのかゆるゆると口許を緩めた。

「彼ね、初対面の私になにを言ったと思います？『妻に〝普通の人生〟を贈りたいから、自分を実験台にしろ』ですよ。思わず笑っちゃいました」

「……雪嗣さんが、私のために……？」

「ええ。自分の異能がもたらす残酷さに打ちひしがれながらも、それでもあなたと生きるための可能性を諦めなかった。……だから、私も協力しようと思ったんです。雪嗣様は、大切な人のために自己犠牲をも厭わない人なんですよ。最愛の妻が迎えに来ているのに、ぼんやりしている訳がないと、研究者にあるまじき夢を見てしまうんです」

頬が、体が熱かった。

こんなにも辺りは冷え込んでいて、指先は凍えそうなくらいなのに。

雪嗣さんが愛おしくて、会いたくて。

一刻も早く抱きしめたくて仕方がない。

「雛乃！」

再び夕夜くんが私の方に向かってきていた。

彼が伸ばした手に捕らえられたら、逃げ出すのが難しくなるだろう。

「いくな！」

私は夕夜くんに背を向けて走り出した。彼に構っている場合ではない。彼の忠告を、彼の気持ちを受け入れなかったことに、罪悪感は募ってはいたけれど。

今はひたすら前を向く。

最愛の人を取り戻す。なによりそれが先決だと思うから。


雪嗣さんが暴れている場所は、ちょうど大通りのど真ん中だった。交通規制が敷かれているのか車通りは絶えている。いくつものビルが破壊されていて、あちこちから煙が立ち上っていた。駅へと続く歩道橋は龍の体に押しつぶされて見る影もない。瓦礫が積み上がっており、水道管が破裂して水があふれている場所さえある。とてもではないが、普通の人間は歩くことさえままならない。でも――私なら問題にもならなかった。

体内に満ちる生命力を惜しみなく循環させる。

結界師たちから奪ったそれは、私の体に問題なく馴染んだようだ。地面を強く蹴ると、走るスピードが上がっていく。目の前に大きな瓦礫が立ちはだかっても、絶壁を渡るカモシカのように、何度も跳躍を繰り返して飛び越えていった。

「あっ……」

すぐ側で爆発音が響いた。漏れ出したガスに引火したようだ。真横にあったビルが燃えている。衝撃波で倒れそうになったが、なんとか踏みとどまった。

一息ついて顔を上げると、体が竦んで動けなくなった。

巨大な碧色の瞳が私を射貫いている。それまで無差別に周囲を破壊していた白龍が、私をじろりと睨め付けていた。爆音が注意を引いたのだ。体をくねらせた白龍は、空気が震えるような声で吠えると、長い首をもたげて私の方へと向かい出した。

「……ッ！」

恐ろしいスピードだ。信号機も瓦礫も物ともしない。吹雪の様相を呈し始めた中で、白く巨大な生き物が近づいてくる様は恐怖以外の何物でもなかった。

「……たす、けて……」

瞬間、か細い声が聞こえてきてハッとした。

「誰かいますか!?」

声を張り上げて視線を巡らせると、崩れかけたビルの下に人を見つけて息を呑んだ。額から出血している。下半身は瓦礫に隠れて見えない。体が挟まれて動けないのかも――

どうしよう。白龍がここにやって来るのに。

頭が真っ白になっていると、再び白龍が吠えた。

いつの間にか白い体に紫電を纏っている。戦闘時の雪嗣さんみたいだ。パチパチと宙に紫電を走らせた白龍は、ふわりと瓦礫を浮かばせると、それを私に向けて放った。

このままじゃ逃げ遅れた人まで巻き込んでしまう。

――雪嗣さんに人は殺させない……！

死神の鎌を構えると、私は瓦礫に向かって飛んだ。

「雪嗣さんっ……！　起きてください！」

鎌を振りかぶって瓦礫を切断する。ひとつ。ふたつ。みっつ。特別大きな物は、何度も斬り付けて細切りにしていく。白龍は息をつく間も与えてはくれなかった。次々と浮かぶ瓦礫が襲いかかってくる。長い尾をくねらせて周囲の建物を破壊しては、それを弾丸に変えて私たちに向かって放ち、黒雲を呼び寄せてはあちこちに稲妻を落とした。

落雷の音がすべてを塗りつぶしていく。きっと雷の直撃を喰らったら……死ぬ。

ひりつくような緊張感に息が詰まりそうだった。

だけど——ここでしくじる訳にはいかない。

必死になって鎌を振るった。ただそれだけに集中していると、徐々に世界から音が消えていくようだ。白龍の大きな瞳に私が映っている。碧色だ。大好きな色。けれど、普段の雪嗣さんのものとは印象が違う気がした。なんだろう。少し陰っているような——

「ギャアアアアアアアッ！」

——ああ。そうか、龍は怯えているんだ。

唐突に理解して、私は額に滲んだ汗を拭った。

白龍は雪嗣さんの生命力であり異能。なんの前触れもなく自分の領域を侵されそうになって、居場所を必死に守ろうとしている。だから、その目に映ったものを壊そうとする。奪われたくないから。今を変えたくないから。変わってしまうのが怖いから。

――なんだか、すごくわかるなあ……。

そこにある幸せをただ享受していたいだけなのに、現状がそうさせてはくれない。

きゅうと心臓が締め付けられて、同時にとても悲しくなった。

こうなってしまった原因は私にもある。

私を殺したくないから、私と共に生きたいから。

雪嗣さんは異能を捨てる決心をしたのだ。結果、こんなことになってしまっている。

――不甲斐ないな。私ってば本当に不甲斐ない。

少し前から感じていたもどかしさが増していく。

私がもっと強ければ。私が――雪嗣さんを安心させられていれば。

たぶん、こんなことにはならなかった。

ボロボロで傷つき疲れ果てていた私を助けてくれた彼は、おそらく私を庇護対象だと考えている。か弱くて守ってあげなければならない存在。負担を掛けてはいけない。真綿に包んで大事に仕舞っておくべきもの。それが彼にとっての私。

――やだな。それじゃ嫌だ。

私は妻で、私たちは夫婦だ。できるなら隣に立っていたい。

私だって彼を支えられる存在になりたい。

「雪嗣さん！　聞こえますか！」

頻りに声を掛けながら、瓦礫を排除し、雷を避けつつ、雪嗣さんに接近していく。

どうすれば彼の生命力を吸収できるだろう。

そう考えた時に脳裏に思い浮かんだのは、彼と初めて触れ合った瞬間だった。

蟬の声。熱い風。汗ばんだ肌越しに伝わる体温。

『初めまして、僕の奥さん――』

彼の生命力を私の中に宿した日。やっぱり直接触れるしかない。

「……っ！」

とはいえ、それは容易なことではなかった。絶え間なく瓦礫が襲いかかってくるし、足を止めた途端に稲妻が落ちてくる。逃げ遅れた人を傷つけないためにも、防戦一辺倒にならざるを得ない。体内の生命力が目減りしていくのがわかる。土煙がもうもうと立ちこめ、目を開けていられない。いくつもの破片が肌を切り裂いて血が体を濡らしていった。

どうしよう。このままじゃ――ジリ貧だ。

最悪なことに、その予想は当たってしまった。

次々襲い来る瓦礫を処理していたが、疲労が募ったせいでいくつか見逃してしまったのだ。瓦礫が地上へ向かって落ちていく。その先に逃げ遅れた人がいるのが見えた。

「危ないっ……！」

真っ青になって手を伸ばすも、どう考えても間に合いそうになかった。

――嫌だ。こんなの、ぜったいに嫌だ……！

全身の生命力を力に変換して加速する。けれど、あと一歩届かない。雪嗣さんに人を殺させたくないのに……！　絶望がひしひしと体を侵食していった瞬間。

「まったくもう！　手間の掛かることですわね！」

突如透明な壁が現れて、瓦礫が空中で霧散した。

紅子さんだ。巫女装束を翻し、逃げ遅れた人の前に立ちはだかると私を睨みつけた。

「なんなんですの。あなたは本当にもうっ……！」

もどかしげに身もだえする。びしりと私を指さして彼女は声高らかに宣言した。

「愛する人を助けに来たのでしょう！　なら、グズグズしないでさっさとなさい。これ以上、被害が広がらないうちに！」

「ど、どうして……？」

助けてくれるのか、そう訊ねようとしたが、彼女はぷいっとそっぽを向いてしまった。

「別に好きで来たんじゃありませんわ。今でもわたくしの方が雪嗣様に相応しいと思ってますし。で、でも……わたくしは、異能を持っていることを誇りに思っていますの。どんな事情があろうと、捨てようだなんて思えない。なのに雪嗣様は、あなたのために捨て去ろうとした。あなただってそうですわ……」

彼女の瞳に透明な液体が溜まっていく。

寒さで赤く染まった頬を、静かに一筋の涙が伝っていった。

「好きな人以外はいらない、なんて。わたくしには言えませんもの。どう頑張っても、勝てる気がいたしませんん」

轟音が、土煙が、ひどく冷たい乾いた風が吹きすさぶこの場所で、紅子さんの声はまっすぐに私の心を打った。

透き通った言葉。声色。ああ、この人の恋心も綺麗なままなのかもしれない。

「そ、それにですね」

ゴシゴシと涙を拭った紅子さんは、少し強がりを感じさせる表情で再び私を見た。

「愚兄の見せ場くらい、作ってやろうと思いまして」

その時、白龍が吠えた。

瓦礫が当たらなかったのが不満だったのか、長い身を何度もくねらせて、いくつもの瓦礫を宙に浮かばせている。電撃を纏ったそれらは、暗雲垂れ込める空を不気味に照らし出していた。こんな数――ぜったいに処理しきれない。

「雛乃、下がっていろ」

青ざめた私の前に立ちはだかったのは、夕夜くんだった。

私を引き留めていたのに。いくなと言っていたのに。どうして彼がここにいるのか。

「ははっ……。そんな顔で俺を見るなよ」

緑がかった黒髪を風に靡かせ、彼はどこか覚悟を決めたように言った。

「好きになった女に〝なにもしてくれなかった〟って言われたまま終われるか」

白龍が吠える。稲妻を纏った瓦礫が――落ちてくる。

その時、夕夜くんの金色の瞳が強く光ったのを私は見逃さなかった。

「〝威圧〟……!!」

時が止まったかのように、瓦礫が宙に縫い留められた。

「雛乃、いけ！　そんなに保たない！」

「う、うん……！」

夕夜くんの言葉に背中を押されて駆け出す。

正直、体は草臥(くたび)れきっていた。使える生命力だって残り少ない。

でも――

これで、心置きなく彼のところにいける。

その事実だけを糧に、ひたすら足を動かした。

瓦礫を乗り越え、降り注ぐ破片を躱し、巨大な白龍の許へと駆ける。死神の鎌を仕舞うと、大好きな碧色めがけて手を伸ばした。

「雪嗣さん……！」

白龍の鼻先にしがみつく。

当然の如く白龍は暴れ出したが、私は決して手を離さなかった。

「もう大丈夫だよ」

〝吸命〟を発動させながら、子どもに言い聞かせるように優しく語りかける。

振りほどかれないように、必死に手に力を込めた。紫電に晒され、肌が焼けるように痛む。小さな瓦礫が肌を削って、手足が裂けて血が流れている。痛かった。苦しかった。それでも私は諦めない。大好きな人を取り戻したい。逃げるなんて選択肢はない。

「なにも怖くないよ」

そう語りかけると、白龍は瞠目した。

「ひ、な……？」

一瞬、どこからか彼の声が聞こえた。

龍の動きが止まる。言葉が届いたのかもしれない。嬉しくなって笑みを浮かべた。

「帰りましょう？　雪嗣さん……！」

私の言葉は彼の心に響いたようだった。見る間に大人しくなった白龍は、私をそっと地面に下ろすと「ぐるるん」と小さく鳴いた。

なんだか謝罪しているみたいだ。

「いいんだよ」

嬉しくなって頬ずりをすると、やがて白龍の体に変化が現れた。

花びらが散るように、ほろほろと崩れていく。

白い花弁は宙を舞うと、淡雪のように儚く消えた。

美しい光景だった。思わず見とれずにはいられないような――

色はない。鮮やかでもないけれど、くすんだ心を洗い流してくれる光景。

「雛……？」

心待ちにしていた声に目を瞬けば、彼が地面に横たわっているのがわかった。

青白い顔をして、ぐったりとしている。髪がずいぶんと伸びていた。〝吸命〟で大量の生命力を吸収したから、停滞していた時間が進んだのだろう。

「雪嗣さん！」

痛む体に鞭打って、傍らに跪く。嬉しいのに。心の中は喜色にあふれているのに。どうしてか、涙が止まらなかった。

「僕は君を殺してしまうのに。来たら駄目だよ」

「そんなの無理ですよ」

相変わらず優しすぎる彼に、笑いが漏れる。彼の手を握った私は、体中に大好きな人の生命力だけが満ちているのを感じながら、こう言った。

「話し合いが大事だって、意思疎通を疎かにしないって。そういう風に決めたのに、ぜんぜん話をしてくれないし、話を聞いてもくれない旦那様を叱りに来たんですから」

気がつけば、あれだけ吹き荒れていた風は止んでいた。

「私は、どんな雪嗣さんであっても生涯一緒にいます」

少し窶れたように見える彼の頬を指先で撫でる。

「無理に変わる必要なんてないんです。私だって――あなたしかいらないんですよ？」

瓦礫の上に雪が積もっていく。すべてを白く塗りつぶしていく。

「ずっとふたりきりでいたいって。そう言ったら困らせてしまいますか……？」

こぼれたのは、紛れもない本心。

静寂に支配された街の中。

涙で濡れた瞳を私に向けた雪嗣さんは、小さく唇を震わせた。

「それが君の幸福なら」

視界が更に滲んでいく。伸びてきた彼の手に頬ずりをした。

「それだけが私の幸福です」

すべての音が、雪に吸い込まれて消えていく。

互いの瞳には、互いの姿しか映っていない。

これまでの出来事が嘘だったみたいに、世界には私と彼だけが存在していた。

結　死神姫の白い結婚

　雪嗣さんが人の姿を取り戻してから、しばらくはひどく慌ただしかった。

〝異能移し〟が失敗した彼の体調はすぐには戻らず、入院を余儀なくされたからだ。

単純な体力低下や貧血などの体調不良だけでなく、普段なら異能を発現しないと現れないはずの鱗模様が、常に体のどこかに浮かび上がるようになった。異能専門の医師によると、他人に干渉されたせいで、生命力の質に多少なりとも変化が現れたらしい。以前のように、龍人の力を自由自在に発現させることが難しくなってしまった。

　これは弱体化と呼べるかもしれない。

　だがしかし、私たちにとって僥倖でもあった。

　以前は身を焦がすほど苛まれていた私への執着が落ち着いたのだ。弱体化によって龍人の特性が薄まった可能性があるという。

　雪嗣さんは「怪我の功名かもね」と笑っていたけれど——

　——別に構わなかったのに。

　そんな考えが頭を過ったのは、彼にも内緒だった。

　自分でも驚いている。〝普通〟の夫婦を目指していたのにな。日が経つほどに、彼と過ごす時間が増えるごとに、雪嗣さんへの感情は大きくなるばかりだ。

吉永久文が引き起こした事件は、当然ながら社会へ多大なる影響を与えた。

成功したかはともかくとして、誰かの異能に他人が干渉できる事実は衝撃的で、今まで異能持ちを特別だと捉えていた人たちからすれば、目が覚めるようなニュースだったようだ。異能の独占を批判し、誰もが公平な社会にするべきだと言い出す人々が現れ、その主張はニュースやＳＮＳを騒がせている。当事者である吉永さんも、真摯に謝罪を行いながらも〝異能移し〟に関して積極的に発言をして、様々な話題を呼んでいた。

事件の後、吉永さんからは改めて謝罪を受けた。

雪嗣さんが破壊してしまった建物などの賠償は彼が担うらしい。実際、異能に悩む人たちがおおぜい彼に出資しているようで、支払い能力はじゅうぶんなようだ。

「これから社会を変えてみせますよ。異能に人生を左右されない世界にしてみせる」

吉永さんは決意にあふれた眼差しをしていた。

最初は胡散臭い人だと思っていたのに、ずいぶんと志が高くて驚いた。

「どうして、そんな風に世界を変えたいんですか……？」

理不尽に抗うこともせずに、ひたすら耐え続けていた経験がある私からすれば、当然の疑問だった。環境を変える……それは、自分を変えることよりも遥かに難しいはずだ。

そんな私の疑問に、彼は快く答えてくれた。

「……大切な人を、愛する人を守れなかったことがありまして」

「後悔しているんですか」

「ええ。守りたかった人が絶望に駆られていた時、私はなにもできずに手をこまねいていました。社会や環境が抗うのを是としなかったのもありますが――。なにより問題なのは、私が行動しなかったことです。雪嗣様のようになりふり構わずいたら、あなたのように即決できていたら、違う結果になっていたんじゃないかと思わないではいられません」

そう語る吉永さんは、どこか切なげだった。彼の過去になにがあったのかは知らないが、異能に振り回されている側としては応援したい。

――ひとつ事件を越えるごとに、世界は少しずつ様相を変えていった。

凍てついた空気に支配されていた大地は、日差しの麗らかさに緩み始めている。若葉が芽吹き、新しい命の誕生にあらゆる生き物が言祝ぎを始めた頃になると、私たちの生活も少しずつ落ち着きを取り戻していった。


――その日は、なんてことのない日だった。

特に大きな出来事もなく、いつも通りに目覚めて、いつも通りに食事をして、いつも通りに雪嗣さんと過ごして――。朝の柔らかな日差しが過去になり、昼の暖かさに頬を緩ませ、夜の気配に少しだけ目を細めた頃。私のスマホにひとつ着信があった。

「夕夜くん、久しぶりだね」

『ああ。元気だったか？』

彼とはもうずいぶんと顔を合わせていない。神崎家の怪異討伐現場に、私が顔を出さなくなったからだ。実家と少しずつ距離を取り始めている影響だった。

『忙しいのに悪いな。引っ越しをするって聞いたんだが』

「……え、誰から聞いたの？」

『吟爾様だな。これから雪嗣様に仕事を代わってもらえなくなるってボヤいてた』

「あはは……。あの人らしいね」

実家から距離を置くことにしたのは私だけではない。雪嗣さんもだった。異能の弱体化に伴って、本格的に祓い屋の仕事から引退を決めたのである。そうなると、都内に住み続ける意味がない。人の目が多い都会から離れ、地方に移り住むという決断は、私たちからすれば至極当然の結論だった。

『……引っ越しか。雛乃ともなかなか会えなくなるな』

「近くに来た時は声を掛けてよ。夕食に招待するから」

『雪嗣様に死ぬほど嫌がられそうだな。俺はまだ死にたくないんだが……』

「それはそうかも」

異能が変質したとはいえ、雪嗣さんが嫉妬深いことには変わりない。ものすごく嫌がるだろうな。ちょっぴり喧嘩してしまうかも。それは避けたいなあなんてクスクス笑っていると、電話越しにため息が聞こえた。

『まったく。幸せそうでなによりだな』

「不幸そうな方がよかった？」

『んな訳ないだろ。だけど、なんというかまあ。横恋慕した立場としては？　複雑な気分になるだろ。こんなの』

「そうなんだ。横恋慕なんてしたことないからな……」

『くっそ。言うようになったじゃねえか』

『少し前までオドオドしてた癖に』と、夕夜くんは楽しげだった。彼が言うには、この頃の私はあまり言葉を詰まらせなくなったらしい。

『お前も変わっていくんだな。……俺もこのままじゃいけないな』

あまりにも切ない声色に、わずかに落ち着かない心地になった。

「ごめんね」

彼には感謝していた。白龍と対峙した時、危機から救ってくれたのは夕夜くんで、幼い頃の私の心を軽くしてくれたのも彼だった。夕夜くんがいなければ、きっと今日という日を迎えられなかっただろう。だけど、彼の気持ちを受け入れることはできない。せっかく友だちになれたのに。それがひどく悲しくて切なくて。

『気にするな。謝らなくてもいい。俺たち友だちだろ？』

だから、以前と変わらずこう言ってくれたことがとても嬉しかった。

「……誰と電話してるの？」

瞬間、後ろから抱きしめられた。私の首元に顔を埋めたのは雪嗣さんだ。

「夕夜くんですよ」

「ふうん」

私の手からスマホを奪う。スピーカーに切り替えて不機嫌そうな声で言った。

「ねえ、まだ僕の奥さんを諦めてない訳」

なんともぶっきらぼうな問いかけに、夕夜くんは呆れた様子だった。

『さすがにもう諦めましたよ』

「へえ？　本当に？」

私を抱きしめる力を強めた雪嗣さんは、不貞腐れたみたいに続けた。

「でもさ、吉永久文を吟爾に紹介したのは君だろ。今回の騒動の発端を作ったのは、水神夕夜。お前じゃないのかな」

『……！』

電話の向こうで息を呑んだ気配がする。驚いている私をよそに、なんだかひどくテンションが低い雪嗣さんはこうも言った。

「業界で話題沸騰中で、注意喚起がなされているような人間だよ。それを僕に近しい人物に紹介しておいて、なにが諦めただ。最初から雛を奪うつもりだった癖に」

『そんなことは……』

「雛だって不思議に思わなかった？　コイツといて一回も吉永の話題が出なかったの」

「……そう言えば、ちょっとだけ不思議には思っていました、けど……」

龍ヶ峯家の本邸を訪れた際、夕夜くんに祓い屋界隈の話題を教えてもらった。あの頃は、もうずいぶんと吉永さんが世間を騒がしていたはずなのに、ちっとも彼の話題にならなかったのだ。そもそも、吉永さんが注目されるきっかけになったのが私の事件である。まったく無関係とは言えないのに……。

「裏ではいろいろ仕込んでいた癖に。友だち面して近づいてきたんだ。コイツは」

すると、電話の向こうで夕夜くんが深々と嘆息したのがわかった。

『ええ、そうですよ。正直なところ下心はありました』

思わず息を呑むと、雪嗣さんが私を抱きしめる力が更に強まった。

『あなたなら〝異能から解放する〟なんて公言していた吉永に引っかかると思ったんですよ。具体的に害を加えようと思ってた訳じゃないです。詐欺にでも遭って、世間からの評判を落とせばいいのに、くらいには考えていましたけどね』

「だけど、結果はこれだ。悔しい？」

『悔しいですよ。遅れを取り戻したかったのになあ』

「……そんなに雛が好きなんだ？」

『ええ。雛乃は——俺にとっても救いだったから』

ひとつ息を吐いた夕夜くんは、どこか淡々とした口調でこう続けた。

『俺もね、雛乃と同じで〝先祖返り〟って言われてたんですよ』

「へえ。能力をコントロールできないレベルだったの？」

『ええ。幼い頃は強力すぎる〝威圧〟のせいで、誰とも目を合わせられなかったんです。うっかり目が合ったらみんな動けなくなる。親すらも近寄れないくらいで……いつも集団から離れて過ごしてた。友だちなんて作れるはずがなくて孤独だった。でも雛乃だけは違ったんだ。〝吸命〟で強化された雛乃は、俺の〝威圧〟を物ともしなかった。わかります？　初めて目が合った時の罪悪感と、まっすぐ見つめ返された時の高揚感……』

私の瞳が綺麗な飴玉みたいで、一瞬で好きになったと夕夜くんは語った。

『宝物を見つけた、そう思ったんです』

「でも、君はなにもしなかった」

『ええ。当時の俺はただのガキで。ちっぽけな存在で。大人たちが雛乃を邪険に扱うのを眺めていることしかできなかった。大人に隠れて話しかけるだけで満足して、いつか救い出してやるって妄想だけして。だから、雪嗣様に先を越されてしまったんです』

後悔していると夕夜くんは語った後、少し気の抜けた声を出した。

『ま、すべては後の祭りですね。いくら悔やんでも悔やみきれないけど』

小さく笑った夕夜くんは『これだけは言っておきますね』と続けた。

『あなたが言うように、俺は諦めてませんから。雛乃が辛い想いをしてるってわかったら、すぐに攫いにいきます』

「ゆ、夕夜くん……!?」

『ごめんな雛乃。そういうことだから』

「え、どういうこと!?」

まるで理解が追いつかずにアワアワしていると、雪嗣さんがスマホに指を伸ばした。

「まったくもって、そんなことぜったいにあり得ないから。じゃあね」

勝手に通話を切る。暗くなってしまった画面を前に呆然としていると、雪嗣さんは私の首元にぐりぐりと顔を擦りつけてきた。

「……ねえ、雛」

「はい」

「また束縛しちゃった……。ごめん」

どうやら自己嫌悪に陥っているようだ。

しょぼくれた様子がなにやら可愛いことになっている。ああ、だからずっとテンションが低かったのか。原因がわかった途端、なんだか嬉しくなってしまった。

「ふふ。謝る必要ないですよ。はっきり言ってくれてありがとうございます」

くるりと振り返って、彼の頭を優しく撫でてやる。フワフワの髪の手触りを楽しんでいると、物言いたげに雪嗣さんが私を見ているのがわかった。

「そっか。ならさ――……」

甘えるように頬に唇が触れる。

大きな体を縮めて、少しだけ上目遣いになって言った。

「寝る支度が終わったら、寝室に来て」

ひとつ心臓が鳴って、すぐに体が熱くなった。

透き通った碧色に見据えられて、ひどく居たたまれなくなる。

「は、はい……」

緊張する。そのせいか、蚊が鳴くような声しか出なかった。

ああ、駄目だ。恥ずかしくて、擽ったくて。

なんだか雪嗣さんの顔が見られない。

「待っているから」

こめかみに落ちた唇が、私たちの新しい関係を報せてくれているようだった。

＊

入浴を終えて、念入りに身支度を済ませた私は、夫婦の寝室の前にやってきていた。

緊張のせいかなかなか湯船から出られなくて、熱が籠もりすぎた体は汗が滲んでしっとりと濡れている。薄い生地の寝間着が肌に吸い付いて、体のラインがくっきりと浮かび上がっていた。あまりにも防御力が低すぎる気がして、とても心細い。

「雪嗣、さん……？」

そろそろと室内をのぞき込めば、間接照明以外の明かりが落とされていた。薄ぼんやりした室内は、いつもとどこか違って見える。じっと目を凝らして見ても、雪嗣さんの姿は見えなかった。待っていると言っていたのに。少し不思議に思ったが、用事でもあったのだろうと思い直した。

——よし。

深呼吸を繰り返して、そっと室内に足を踏み入れる。が、すぐに立ち尽くした。

ここからどうすればいいのだろう。

立っているのも変な気がする。本棚を眺めている？　それとも——

「先に、ベッドに……」

その考えが頭を過った瞬間、体が火照って仕方がなくなってしまった。

——今日は、なんてことのない日だった。

特に大きな出来事もなく、いつも通りに目覚めて、いつも通りに食事をして、いつも通りに雪嗣さんと過ごして——

だけど、一生忘れられなくなるであろう日。

白い結婚に終止符を打とう。ふたりでそう決めていたからだ。

「雛？」

背後から声を掛けられて、ぴくりと身が竦んだ。

ぎこちなく振り返ると、浴衣姿の雪嗣さんがいた。

江戸時代生まれなのもあって、彼の私服は和装が多い。眠る時もそうだった。柔らかそうな木綿の浴衣が実に似合っている。いいセンスだなあと内心で称賛を送るのと同時に、直視できない自分もいた。

——だって。浴衣って卑怯なんだもの。

鍛え上げられた体をゆったりと覆い隠すスタイルは禁欲的なのに、寛げた胸元から垣間見える鎖骨や、露わになった喉仏の主張が逆に扇情的なのだ。不躾に見つめたらいけない気がする。

——うう。無理……！

思わず顔を背けると、彼が小さく笑ったのがわかった。

「なんでそっぽ向くの。僕がなにかした？」

少し拗ねたような声を出して手を伸ばしてくる。

「せっかくの日なのに。ここ最近の雛はいつもこうだ」

手の甲をゆるゆると親指で擦られた。私の耳元に顔を寄せた彼は、こう訊ねた。

「怖じ気づいちゃった？」

息を呑んで彼を見上げる。碧色の瞳に陰りを見つけた気がして、慌てて否定した。

「ち、違うんです。そ、そうじゃなくて——」

彼に寄りかかって顔を隠す。羞恥で居たたまれなくなりながらも本音を吐露した。

「雪嗣さんの生命力が暴走した事件の時、た、たくさん〝吸命〟したじゃないですか」

「そうだね」

「多くの生命力を貰ったってことは、それだけ雪嗣さんの止まっていた時間が進んだってことで。気づいてないかもしれないですけど、い、今の雪嗣さん……前よりも」

こくりと生唾を飲み込む。

「すごく大人っぽくなってるんですよ」

二十歳そこそこで異能を発現した雪嗣さんは、二百年以上もの間、若々しい姿を保ってきていた。その姿も途轍もなく素敵だったのだけれど——

異能の効果で、今の雪嗣さんは二十代後半くらいの見た目なのである。

白龍から元の姿に戻った時、ずいぶんと髪が長かったから、もしかしてとは思っていたけれど。若さからくる溌剌さは多少衰えたものの、逆にふとした仕草が醸す色気がとんでもないことになっている。切れ長の瞳も、睫毛が落とす薄い影も、滑らかな肌も、柔らかそうな唇も、気だるげに佇む様も。少し前の彼とはまるで違う。違いすぎる。

「我が夫ながら直視するのが難しいレベルで、困っているだけなんです……」

とうとう顔を覆ってしまった私に、雪嗣さんは安堵したようだった。

「ふっ……ふふふふ。なあにそれ。可愛いね」

雪嗣さんの笑い声がした。次に衣擦れの音。彼の手が離れたかと思うと——

気がついた時には、なぜだか浮遊感に見舞われていた。

「ゆ、雪嗣さんっ……!?」

お姫様だっこに動揺している私をよそに、雪嗣さんはズンズンと寝室の奥に進んでいった。窓から差し込む月光が、淡い色をベッドに落としている。次の瞬間には柔らかなマットレスの上に横たわっていて。視界が彼の姿で埋め尽くされていた。

「雛があんまり可愛いこと言うから」

まるで私が悪いみたいな物言いに、火が点いたように顔が熱くなった。

顔の横に置かれた手が、彼の重みでマットレスが沈んでいる事実が、すべてが緊張を高まらせる。天敵に捕まった獲物みたいだ。心臓が痛いくらい鳴っていた。怖い。怖いのに——触れてほしい。矛盾した感情に心の中を蹂躙(じゅうりん)されてなにも考えられない。

「本当にいいんだね？」

じっと私を見下ろしながら、雪嗣さんは確かめるように言葉を重ねた。

「抱いたら本格的に手放せなくなるよ。これは龍人の特性なんて関係ない。僕個人の感情。一度箍(たが)が外れたら元には戻せない。誤魔化しなんてできないよ。だって——」

ゆっくりと顔が近づいてくる。首元に唇を落とした。

「触れた場所、すべて僕のものにするからね」

リップ音の向こうで、逃げるなら今だよと言われている気がした。

——どうしてこの人は、肝心な場面で拘束を緩めるのだろう。

私を独占したいと、心から願っているはずなのに。

立派な鳥かごを用意しておきながら、鍵を掛けないでいる。

判断するのは君だよと微笑んで、私が飛んでくるのをじっと待っているのだ。

——とても優しい。けど、残酷だ。

やや冷静さを取り戻した私は、返事を待っている彼を見つめた。

彼の瞳に映る自分を眺めながら、それでも責める気にはなれないでいる。

――私だって同じだ。彼が好きで、大切で、雪嗣さんしかいらないって考えておきなが
ら、いつだって受け身だった。なにも言わずにただ期待していた。

雪嗣さんが、私をこんな世界から連れ出してくれることを。

彼の手が伸びてくるのを、ずっと待ち焦がれていた。

――卑怯だな。私の方が質が悪い気がする……。

でも、これからは違う。

変わると決意した。すべては雪嗣さんと一緒に生きるためだ。

「ねえ、雪嗣さん」

彼の頬に手を伸ばして撫でる。そのまま首の後ろまで手を回すと、優しく引き寄せた。

唇同士が触れ合う。柔らかな感触にうっとりしていると、雪嗣さんがひどく驚いた顔をし
ていた。たぶん、私から唇にキスをしたからだ。少しだけ幼さを取り戻したような表情に、
達成感があふれて笑顔になった。

「忘れないでください。雪嗣さんだって私のものになるんですよ」

固まっている彼の顔中に唇で触れる。

頬に、鼻先に、額に、瞼に、唇に――愛おしいと思う場所、すべてに触れていく。

「雪嗣さんこそ逃げられませんからね。これからもずっと一緒です。子どもができても、

お互いにおじいちゃんとおばあちゃんになっても。うっかり喧嘩してもですよ。仲直りしなくちゃいけません。だって――」

最後に彼の瞳をまっすぐに見つめた。

私と正反対の色。なによりも愛すべき宝石のような色に見とれる。

「ずっとあなたの側にいるって決めたんですから」

雪嗣さんは私の〝運命の人〟。紛れもない事実を告げると、碧色が大きく揺れて――みるみる涙で濡れたそれは、いつもよりも色鮮やかさを増していった。

「雛、愛してる」

深海よりも深い碧に呑み込まれていく。彼の体重がかかると、マットレスがますます沈み込んで、私自身もどこか深い場所へと導かれていくようだった。

静かな夜だ。冬と春の境。鳥や虫さえも息を潜めている世界には、ただただ私たちの吐息と衣擦れの音だけが響いている。

冴え冴えとした月光が、睦み合う私たちを優しく見守ってくれていた。

それは、これから築いていく新しい関係を、未来を、示唆（しさ）してくれているようだった。

了

死神姫の白い結婚

運命よりも好きな人

忍丸

2025年3月5日初版発行

発行者……加藤裕樹
発行所……株式会社ポプラ社
〒141-8210 東京都品川区西五反田3-5-8
JR目黒MARCビル12階

フォーマットデザイン　荻窪裕司(design clopper)
組版・校閲　株式会社鷗来堂
印刷・製本　中央精版印刷株式会社

落丁・乱丁本はお取り替えいたします。
ホームページ(www.poplar.co.jp)のお問い合わせ一覧よりご連絡ください。

本書のコピー、スキャン、デジタル化等の無断複製は著作権法上での例外を除き禁じられています。本書を代行業者等の第三者に依頼してスキャンやデジタル化することはたとえ個人や家庭内での利用であっても著作権法上認められておりません。

みなさまからの感想をお待ちしております

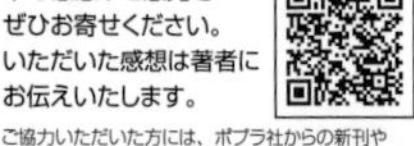

ホームページ　www.poplar.co.jp
©Shinobumaru 2025　Printed in Japan
N.D.C.913/223p/15cm
ISBN978-4-591-18563-6
P8111399